KB261125

신원
미상
여자

DES INCONNUES

by Patrick Modiano

국립중앙도서관 출판시도서목록(CIP)

(파트릭 모디아노 소설)신원 미상 여자 / 파트릭 모디아노 지음
; 조용희 옮김. — 서울 : 문학동네, 2003
    p. ;   cm. — (문학동네 세계문학)
원서명: Des inconnues
원저자명: Modiano, Patrick
ISBN 89-8281-767-0 03860 : ₩8500
863-KDC4
843.914-DDC21   CIP2003001548

신원미상 여자

파트릭 모디아노 소설

조윤희 옮김

문학동네

차례

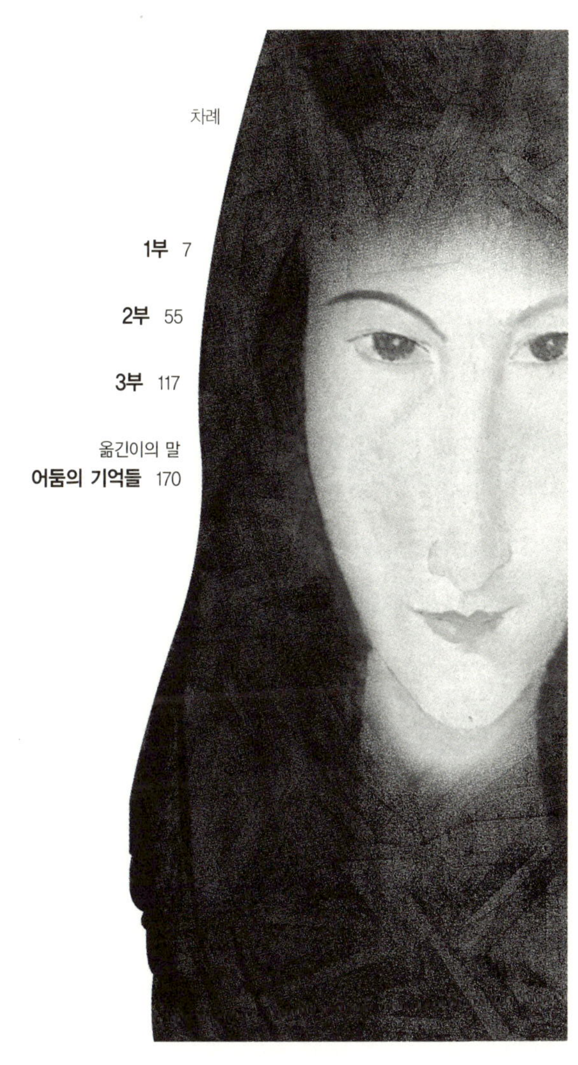

1부

손 강이나 센 강에서 건져올리는
여자들에 대해
사람들은 종종 이름을 알 수 없다거나
신원을 알 수 없다는
이야기를 한다.
나도 영원히
그 상태로 남기를 바란다.

그해 가을은 유난히 빨리 왔다. 낙엽 쌓인 손 강의 둑은 가을비와 가을안개에 잠겨 있었다. 나는 아직도 푸르비에르 산 초입에 있는 부모님 집에서 살고 있었고 무언가 일거리를 찾아야 할 상황이었다. 1월에 나는 크루아파케 광장에 있는 레이온과 실크를 만드는 섬유회사에서 육 개월간 타이피스트로 일하면서 월급의 일부분을 저축할 수 있었다. 그리고 스페인 남쪽에 있는 토레몰리노스로 바캉스를 떠났다. 그때 내 나이 열여덟 살이었는데, 생애 처음으로 프랑스를 떠난 것이었다.

토레몰리노스 해변에서 나는 한 프랑스 여자를 알게 되었다. 이름이 미레유 막시모프인 그녀는 몇 년째 그곳에 살고 있는, 갈색 머리의 매우 아름다운 여인이었다. 그녀는 남편과 함께 작은 호텔을 경영하고 있었고 나는 그곳에 방을 잡았다. 그녀는 그해 가을 파리에서 한동안 머물 거라고 했다. 그러고는 친구 집에 있을 거라며 내게 그 집 주소를 주었다. 나는 파리에 가게 되면 연락하겠다고 약속했다.

바캉스 이후 리옹은 내게 더더욱 음울하게 느껴졌다. 우리집 근처 오른편, 생 바르텔레미 언덕에는 수도사들을 위한 기숙사가 있었다. 언덕 기슭에 세워진 그 건물의 음침한 정면은 거리로 향한 채 서 있었고, 정문은 거대한 벽 속에 파묻혀 있었다. 9월의 리옹은 내게 마치 그 기숙사의 벽 같았다. 가을 햇살이 간간이 내려 앉는 검은 벽. 아무튼 기숙사는 버려진 것처럼 보였다. 비가 오면 그 벽은 감옥의 담장처럼 보였고, 나는 그것이 나의 미래를 가로막고 있는 듯한 느낌을 받곤 했다.

나는 부모님이 운영하는 상점의 한 고객으로부터 어떤 의류회사에서 모델을 구한다는 소식을 듣게 되었다. 월급이 한 달에 8백 프랑으로, 섬유회사보다 2백 프랑 많았다. 그 사람은 나에게 회사 주소를 알려주었고, 나는 응모해보기로 마음먹었다. 전화기 너머에서 한 여자가 딱딱한 목소리로, 다음주 어느 늦은 오후에 그롤레 거리 4번지로 오라고 했다.

며칠이 지나자, 전에 한 번도 생각해본 적이 없는 모델이라는 그 직업이 내가 꼭 해야만 하는 일처럼 느껴졌다. 어쩌면 이렇게 해서 리옹을 떠나 파리로 갈 수 있는 좋은 구실을 갖게 될지도 모를 일이었다. 약속 날짜가 다가오자, 나는 점점 더 초조해졌다. 내 인생이 거기에 달려 있었다. 이번에 발탁되지 못한다면 다시는 이런 기회가 오지 않을 거라는 생각이 들었다. 조금이라도 가능성이 있는 걸까? 면접에 통과하려면 옷을 어떻게 입어야 할까? 그러나 선택의 여지는 없었다. 내 옷 중에 유일하게 괜찮은 거라고는 회색 치마와 흰 블라우스뿐이었다. 나는 굽이 약간 있는 청색 구두를 샀다.

면접 전날 저녁, 나는 내 방에서 흰 블라우스와 회색 치마를 입고 청색 구두를 신어보았다. 나는 옷장 거울 앞에 그렇게 부동자세로 서서, 저 여자가 진짜 나일까 하고 자문했다. 그런 생각이 들자 우스웠다. 그러나 내일 나의 인생이 결정된다고 생각하니 얼굴이 굳어졌다.

나는 약속 시간에 늦을까봐 걱정이 되어 집에서 한 시간 전에 출발했다. 벨쿠르 광장에는 비가 내리고 있었다. 나는 비를 피해 루아얄 호텔 안으로 들어갔다. 젖은 머리로 의류회사 면접을 보기는 싫었다. 나는 호텔 안내 데스크에 가서 투숙객이라고 말했다. 담당자는 내게 우산을 하나 빌려주었다. 그롤레 거리 4번지에 도착하자, 그곳 관계자는 나를 잿빛 나무 장식이 되어 있고 같은 색깔의 실크 커튼이 늘어져 있는 넓은 방에서 기다리게 했다. 붉은 벨벳 천을 씌운 금색 나무 의자들이 벽을 따라 놓여 있었다. 삼십 분이 지나자, 그들이 나의 존재를 잊은 게 아닌가 하는 생각이 들었다.

나는 한 의자에 앉아 비 내리는 소리를 듣고 있었다. 샹들리에가 하얀 빛을 던지고 있었다. 여기 이대로 머물러 있어야 하는 건지 궁금해졌다.

한 남자가 들어왔다. 쉰 살쯤 되어 보였고, 갈색 머리칼을 뒤로 넘기고, 짧은 콧수염을 기른, 매같이 날카로운 눈을 가진 남자였다. 그는 감색 양복에 짙은 색 스웨이드 구두를 신고 있었다. 삼십 년이 지났지만 이따금 그는 내 꿈속에서 문을 열고 들어온다. 언제나 짙은 머리칼을 한 채.

그는 내게 일어나지 말라고 하고는 내 옆에 와서 앉았다. 그리고 메마른 목소리로 내 나이를 물었다. 내가 전에 모델로 일한 경험이 있는지도 물었다. 아니오. 그는 나에게 신발을 벗고 창문까지 걸어갔다가 다시 돌아오라고 했다. 나는 걸었다. 무척 어색했다. 그는 자기가 앉아 있던 의자 쪽으로 몸을 숙인 채, 근심 어린 표정으로 턱을 손에 받치고 있었다. 그가 아무 말도 하지 않았으므로, 걷기를 마친 후 나는 그의 앞에 그대로 서 있었다. 불안감을 감추기 위해, 나는 빈 의자 발치에 놓여 있는 내 신발에서 눈을 떼지 않았다.

“앉아요.”

그가 내게 말했다.

나는 그 남자 옆의 내 자리에 다시 앉았다. 신발을 다시 신어도 되는 건지 알 수 없었다.

“이건 자연색인가요?”

그가 내 머리카락을 가리키며 물었다.

나는 그렇다고 대답했다.

“당신의 옆모습을 보고 싶군요.”

나는 창문 쪽을 향해 고개를 돌렸다.

“옆모습이 예쁘군요……”

그는 나쁜 소식이라도 전하는 듯한 말투로 말했다.

“옆모습이 예쁜 사람은 아주 드물어요.”

그는 세상에 예쁜 옆모습을 가진 사람들이 많지 않다는 사실에 절망하는 것처럼 보였다. 그는 매 같은 눈으로 나를 뚫어지게 바라보았다.

“사진을 찍기에는 아주 좋겠어요. 그러나 피에르 씨가 찾고 있는 스타일은 아닙니다.”

나는 몸이 굳어졌다. 아직 조금이라도 가능성이 남아 있는 걸까? 그는 분명 사장인 듯한 피에르 씨에게 의견을 물을 것인가? 그가 원하는 것이 정확히 무엇일까? 나는 피에르 씨가 원하는 거라면 무엇에라도 응할 준비가 되어 있었다.

"미안하지만…… 우리는 당신을 고용할 수가 없군요."

판결이 내려졌다. 나는 이제 말할 기운조차 없었다. 정중하지만 건조한 그 남자의 어조에서 피에르 씨의 의견을 구할 필요조차 없을 정도로 내가 실망스럽다는 사실을 알 수 있었다.

나는 신발을 다시 신고 일어섰다. 그는 말없이 내게 악수를 청하고 나를 문까지 안내한 뒤, 내가 밖으로 나갈 수 있도록 직접 문을 열어주었다. 거리로 나섰을 때 나는 우산을 놓고 왔다는 걸 깨달았다. 하지만 그건 이젠 중요하지 않았다. 나는 다리를 건넜다. 그리고 손 강을 따라 나 있는 강둑을 걸었다. 걷다 보니 어느새 생바르텔레미 언덕의 집 근처에 있는 수도원 벽 앞에 와 있었다. 그 후 몇 년 동안 내 꿈속에 자주 나타났던 그 모습으로. 사람들은 그 벽과 나를 구분할 수 없었을 것이다. 그것은 그림자로 나를 뒤덮고 있었으며, 나는 그것과 똑같은 색깔을 지니고 있었다. 아무도 나를 그 그림자로부터 떼어내지 못했으리라. 반면, 사람들이 나를 기다리게 했던 그롤레 거리의 살롱은 눈부신 샹들리에 불빛에 담뿍 잠겨 있었다. 감색 양복과 스웨이드 구두를 신었던 그 남자가 뒷걸음질로 살롱을 떠나는 모습이 끝없이 반복되었다. 마치 옛날 필름을 거꾸로 돌리는 것 같았다.

언제나 같은 꿈이었다. 몇 년이 지나자 수도원의 벽 색깔이 조

금 밝아 보였고, 어떤 밤에는 햇살 한 줄기가 그것을 비추기도 했
다. 그롤레 거리의 살롱에서는, 샹들리에가 부드러운 불빛을 퍼
뜨리고 있었다. 매의 눈을 가진 감색 양복의 남자도 점점 희미해
져갔다. 그의 얼굴도 희미해져, 피부가 거의 투명해 보였다. 오직
머리카락만 까맣게 남아 있었다. 그의 목소리도 부서졌다. 이제
그가 말하는 것이 아니라 디스크가 돌아가는 것 같았다. 같은 말
이 끝없이 계속되었다. "자연색인가요…… 얼굴을 옆으로 돌려
보세요…… 당신은 피에르 씨가 찾는 스타일이 아닙니다." 이런
말들은 이미 그 의미를 잃었다. 꿈에서 깨어날 때마다 나는 내 삶
에서 점점 멀어져가는 그 사건이 나에게 그렇게나 실망을 안겨주
고 그토록이나 나를 불행하게 했다는 사실에 놀라곤 했다. 그날
저녁 다리를 건널 때, 나는 손 강에 몸을 던지려고까지 생각했었
다. 아무것도 아닌 그런 일을 가지고.

　나는 집으로 돌아갈 용기도, 부모님을 뵙고 내 방의 거울 달린
옷장을 마주할 용기도 없었다. 나는 마치 도망하는 사람처럼 옛
도시로 통하는 계단을 내려갔다. 나는 손 강가에 나 있는 둑을 따
라 다시 걸었다. 그리고 카페로 들어갔다. 나는 미레유 막시모프
가 파리에 있는 자기 친구들 주소와 전화번호를 써준 종이쪽지를
늘 지니고 있었다. 여러 번 신호음이 울린 후, 갑자기 어떤 여자
목소리가 들려왔다. 나는 아무 말도 못 하고 가만히 있었다. 잠시

후, 나는 수화기 너머 저쪽 파리에서는 들어본 적이 없었을 창백한 목소리로 "미레유 막시모프하고 통화하고 싶은데요"라고 겨우 말할 수 있었다. 그녀는 잠시 외출중이나 그날 저녁 안으로는 돌아올 거라는 대답이 돌아왔다.

다음날 나는 페라슈 역에서 밤기차를 탔다. 기차칸은 어둠 속으로 뻗어 있었다. 구석 깊숙한 곳 의자 위에는 어둠이 잠들어 있었다. 나는 통로 가까이에 앉았다. 기차가 플랫폼에 서 있는 동안, 나는 정말로 내가 떠날 수 있는지 생각해보았다. 마치 도망치는 것 같았다. 기차가 흔들리기 시작했다. 손 강이 사라져갔고, 무거운 짐을 벗은 듯한 느낌이었다. 그날 밤 나는 잠을 자지 못했다. 아무튼 기차가 적막한 디종 역의 긴 플랫폼에 멈춰 섰을 때 나는 반수면 상태에 있었다. 푸르스름한 가로등 불빛 속에서 나는 미레유 막시모프를 생각했다. 토레몰리노스 해변에는 태양이 없는 날이 하루도 없었다. 그녀는 내 나이였을 때 랑드 지방의 어느 조그만 마을 — 마을 이름은 잊어버렸다 — 에서 살았다고 나에게 이야기했다. 대학입학 자격시험 바로 전날 그녀는 매우 늦게 잠자리에 들었고, 다음날 아침 시계가 울리지 않았다. 그녀는 낮 열두시까지 내처 잠을 잤고 시험을 치르지 못했다. 나중에 그녀는 그녀의 남편 에디 막시모프를 알게 되었다. 그는 러시아 출신의 건장하고 잘생긴 남자였는데, 사람들은 그를 '영사'라고 불렀다.

그는 코카콜라와 럼주를 섞은 음료수를 마시는 습관이 있었다. 그는 식전에 내게도 이 음료수를 권했는데, 그럴 때마다 나는 그냥 코카콜라만 마시고 싶다고 이야기했다. 그는 악센트가 없는 불어를 구사했다. 그는 파리에서 살았다. 나는 그들이 어떤 연유로 스페인에서 단둘이 살게 되었는지 미레유 막시모프에게 물어보는 걸 잊었다.

기차는 매우 이른 시각에 도착했다. 파리의 리옹 역은 아직도 어둠에 잠겨 있었다. 파리에서 보낸 첫 시간들은 언제나 캄캄했던 것 같다. 나는 가벼운 여행가방 하나만 가지고 있었다. 도착한 그날 아침, 나는 트로카데로 광장의 한 카페에 미레유 막시모프와 함께 앉았다. 나는 역 식당에서 열시까지 기다린 후 그녀에게 전화를 걸었다. 그녀는 내가 어디서 그녀에게 전화를 걸었는지 금방 이해하지 못했다. 나는 그 식당의 첫 손님이었다. 마땅히 지낼 곳이 없다는 사실을 고백하면 그녀가 나에게 차가운 태도를 보이지나 않을지 걱정이 되었다. 그러나 그녀는 해변으로 날 만나러 나오는 듯한 미소를 띠며 내게 다가왔다. 마치 우리가 어제 헤어진 것 같았다. 그녀는 나를 다시 만난 것이 무척 반가운 듯했고 내게 여러 가지를 물었다. 나는 그녀에게 모든 걸 이야기했다. 의류회사의 면접, 매의 눈을 가진 남자의 메마른 목소리, 전날 밤 디종을 지난 후 반수면 상태에서도 "자연색인가요? 얼굴을 옆으로 돌려보세요……" 하는 그 남자의 목소리가 들렸다는 것.

바로 그 대목에서, 그녀 앞에서 나는 울음을 터뜨렸다. 그녀는 내 어깨에 손을 얹으며 그건 하나도 중요하지 않다고 위로했다. 그것은 그녀가 열일곱 살이었던 어느 날 아침, 시계가 울리지 않아 대학입학 자격시험을 보지 못한 것과 같은 거라고 했다. 그리고 자기 친구의 아파트에 날 데려가고 싶다고 했다.

우리는 광장을 건넜다. 내 여행가방은 전혀 무겁지 않았다. 리옹에서처럼 비가 내렸다. 그러나 빗방울조차도 가벼워 보였다. 그 아파트는 비뇌즈 거리 끝에 있었다. 처음 며칠 동안 나는 파리에서 길을 잃을 경우에 대비해 주소와 전화번호가 적힌 종이를 지니고 다녔다. 아파트는 벽 색깔이 밝았고, 살롱에는 가구가 거의 없었다. 그녀는 작은 방의 문을 열었다. 한쪽 벽면이 온통 책으로 가득 차 있었다. 다른 쪽에는 회색 벨벳 천을 씌운 긴 소파가 놓여 있었다. 거울 달린 옷장은 없었다. 창문은 안뜰 쪽으로 나 있었다. 그녀는 침대 시트를 가지러 가려 했지만, 나는 당장은 그럴 필요가 없다고 말했다. 그녀는 커튼을 젖혔다. 나는 여행가방을 열지 않은 채로 긴 소파 옆에 내려놓았다. 그리고 금세 잠이 들었다. 뜰 안으로 빗방울이 떨어지는 소리가 들렸다. 그 소리는 마치 자장가 같았다. 때때로 잠에서 깼지만 그때마다 잠 속으로 슬며시 다시 빠져들었다. 나는 또다시 생 바르텔레미 언덕을 오르고 있었다. 그러나 오른쪽에 있던 수도원 벽이 사라진 걸 보고 깜짝 놀랐다. 거기에는 트로카데로 광장 쪽으로 열린 커다란 구멍만이 있을 뿐이었다. 비가 오고 있었지만 하늘은 매우 맑았고 밝은 파란빛을 띠고 있었다. 처음 며칠 동안 미레유 막시모프는 나를 데리고 파리를 돌아다녔다. 우리는 센 강을 건너고 생 제르맹 데 프레에 갔다. 그녀는 뉘아주와 라 말렌에서 친구들을 만났다. 나는 그들과 자리를 함께했지만 감히 입을 열지 못했다. 그냥 그들의 말을 듣기만 했다. 때때로 그녀는 저녁 일곱시경에 아파트로 돌아왔고, 나는 오후 내내 집에 혼자 남아 있었다. 나는 불로뉴 숲까지 걷곤 했다. 종종 해가 났다. 금방 알아채지 못할 정도로 가는 비가 내리기도 했다. 그러다 태양이 또다시 붉은 나뭇잎들 위로 비치면 프레 카틀랑 숲길에선 젖은 흙내음이 났다. 돌아오는 길은 이미 밤으로 어둑했다. 미래에 대한 어렴풋한 불안이 나를 엄습했다. 나는 아직도 수도원 벽 앞에 있는 것처럼 아무것도 보이지 않았다. 나는 이런 어두운 생각들을 쫓아냈다. 이 도시에서 어떤 만남이 이루어질지도 모를 일이었다. 불로뉴 숲에서 트로카데로 광장으로 이어지는 거리를 따라 걸으면서, 나는 머리를 들어 불 켜진 창문들을 바라보았다. 각각의 불빛들은 내게 어떤 약속처럼 보였고, 모든 것이 가능하다는 신호 같았다. 낙엽과 비에도 불구하고 공기 중에는 전기가 흘렀다. 이상한 가을이었다. 그것은 내 인생의 나머지 부분과는 영원히 분리되어 닫힌 그 자체만의 오롯한 시간들이었다. 지금 내가 있는 곳에는 더이상 가을이 없다. 지중해의 작은 항구인 이곳은 나에게는 시간이 멈춘 곳이다. 내가 죽는 날까지 매일 태양만이 있을 뿐이다. 그후 몇 년 동안 가끔 파리에 갈 때면, 내가 그해 가을을 그곳에서 보냈다는 사실이 믿어지지 않았다. 그때에는 거리, 사람들의 얼굴, 빛 등 모든 것이 좀더 격렬하고 신비해 보였다. 마치 꿈을 꾸거나 마약을 복용한 것 같았다. 혹은 단순히 내가 너무 어려서 그 도시의 전압이 나에게 너무 셌는지도 모르겠다. 그날 저녁 외출에서 돌아오다가 비뇌즈 거리의 아파트 계단에서 나는 트렌치코트를 걸친 갈색 머리의 남자와 마주쳤다. 나는 이미 생 제르맹 데 프레에서 다른 사람들과 함께 그를 본 적이 있었다. 그도 나를 알아보고 미소지었다. 아마도 미레유 막시모프를 아파트까지 데려다주러 왔을 터였다. 나는 벨을 눌렀다. 그녀는 한참 후에야 문을 열었다. 빨간 타월 가운 하나만 걸치고 있었고, 머리는 흐트러진 채였다. 살롱에는 불도 켜져 있지 않았다. 그녀는 잠을 자고 있었다고 설명했다. 나는 그 남자를 계단에서 만났다는 말을 할 수가 없었다. 그녀의 시선은 나른한 기색을 띠고 있었다. 그녀는 내 어깨를 안고 입을 맞췄다. 그러고는 내게 오후 동안 무엇을 했느냐고 물었다. 혼자서 불로뉴 숲을 산책했다고 대답하자 그녀는 놀라워했다.

"너 애인을 하나 구해야겠다. 사랑보다 더 좋은 건 없어."

그녀가 말했다.

나도 그녀 말에 동감이었다. 그러나 일자리 또한 찾아야 한다는 말을 차마 그녀에게 할 수가 없었다. 리옹으로는 돌아가고 싶지 않았다. 우리 둘은 살롱의 소파에 앉았다. 그녀는 불을 켜지 않았다. 건너편 건물에서 비치는 불빛들이 희미한 미광(微光)을 만들어주었다. 그녀는 팔로 내 어깨를 감싸안았다. 타월 가운의 허리 매듭이 풀어졌다. 그녀는 아마도 월하향(月下香)*인 듯한 머리 아픈 냄새를 풍기고 있었다. 나는 그녀에게 속내 이야기를 털어놓고 싶었지만 그냥 조용히 있었다. 우리가 여기 있다는 사실을 아는 사람은 아무도 없었다. 우리는 몰래 숨어 살고 있는 것이다. 그녀는 도둑처럼 이 아파트에 들어와 살고 있는 것이다. 나는 겁이 났다. 리옹을 떠나서는 안 되는 것이었는지도 모른다. 나는 이 텅 빈 살롱이 편치가 않았다. 아파트는 오랫동안 비어 있었고 그 사이 도둑들이 가구를 훔쳐갔다. 그녀는 내가 왜 그리 근심스러워 보이는지 물었다. 나는 노력한 끝에 그녀에게 대답할 말을 찾아냈다. 그녀가 나를 여기로 데려온 것은 정말 고마운 일이다. 그러나 나는 마치 침입자가 된 듯한 느낌이다. 충동적으로 리옹

---

* 향수 원료로 쓰이는 수선화과의 여러해살이풀.

을 떠났다는 사실만으로도 나는 이미 어려운 상황에 빠져 있다. 그리고 그녀에게 짐이 되고 싶지 않다. 당신은 나를 여기에 데려온 사실을 집주인들에게 알릴 것인가? 당신은 그들을 정말로 알기는 하는 건가? 솔직히 말하면, 어떤 때는 우리 둘이 이곳에 있을 권리가 있는 건지 의심스럽고 집주인들이 우리를 쫓아내려 갑자기 들이닥칠까봐 겁이 난다. 그녀는 웃음을 터뜨렸다. 그녀는 내가 부러워하는 부드러운 목소리와 침착한 태도, 무심함으로 나의 공포를 물리쳐주었다. 이곳에 살았던 여자는 그녀의 오랜 친구이다. 약간 공상가인 그 여자는 돈 많은 모피 상인과 결혼했다. 그리고 좀더 자세히 말하자면 미레유 막시모프 그녀 자신도 어느날 갑자기 파리에 상경했다. 보르도에서 출발한 기차를 타고. 당시 그녀는 혼자였고 나보다 더 나이가 많지도 않았다. 처음에 그녀는 라탱 가(街)의 한 호텔 방에 살았다. 그러다가 점원 구인 광고를 보고 찾아간 그녀 남편의 모피 상점에서 그 여자를 만났다. 그녀는 생 제르맹 데 프레의 모든 이들을 소개해주었을 뿐 아니라 미래의 남편이 될 에디 막시모프도 만나게 해주었다. 주말이면 그녀는 그들을 자신의 미제 차에 태우고 몽포르 라모리나 도빌에 갔다. 행복한 생활이었다. 걱정거리라고는 전혀 없었다. 그 친구는 기꺼이 이 아파트를 빌려주었다. 그 말을 들은 나는 용기를 내어 그래도 앞으로의 일들이 걱정이라고 말했다. 일자리 없이 파리에서 어쩔 것인가? 그녀는 한동안 나를 말없이 바라보았다.

"파리에 도착했을 때 나도 겁이 났었어. 하지만 언제나 해결책은 있게 마련이야. 네 앞에 이렇게 많은 시간이 놓여 있다는 게 얼마나 큰 행운인지 너는 모를 거야. 내가 도와줄게. 파리에는 내가 아는 사람들이 많아. 그리고 언제라도 나와 함께 스페인으로 떠날 수 있잖아."

나는 안심이 되었다. 나를 도와주려는 그녀의 진심을 느낄 수 있었다. 그녀를 믿기만 하면 삶은 아름다운 것이 되리라. 어느 날 저녁, 우리는 파스칼이라는 여자의 연극을 보러 극장에 갔다. 시대적 배경은 요즘이었고, 점잖은 사람들이 폭설 때문에 상상의 나라 성 안에 갇혀 일어나는 사건을 다루고 있었다. 등장인물들은 모두 크고 흰 깃이 달린 검은 벨벳 옷을 입고 있었다. 여자들이나 남자들이나 모두 귀족처럼 보였다. 때때로 하프시코드 음악이 울렸다. 큰 살롱은 촛대 모양의 조명등으로 밝혀져 있었다. 옛날 가구들이 있었고 거미줄이 쳐져 있었으며, 전화기도 보였다. 사람들은 촛불 아래서 담배를 피우고 위스키를 마시며 뭔가 중요한 이야기를 하고 있는 듯했다. 극장을 나서니 비가 오고 있었다. 미레유 막시모프와 나는 한 친구의 차에 올랐다. 레스토랑에서 다른 친구들을 만날 예정이었다. 시간이 한참 흐른 뒤에 그 파스칼이라는 여자도 우리와 합석했다. 그녀는 짧은 금발의 사십대로 보이는 키가 무척 큰 남자와 함께 왔다. 그는 영화감독이었는데, 마치 죽음의 사자처럼 심각한 얼굴을 하고 있었다. 그는 사람들이 식사 내내 이야기했던 어떤 영화에 파스칼을 출연시키고자 했다. 감독이 줄거리를 얘기했으나 나는 잘 알아듣지 못했다. 그는 유식한 말을 썼다. 여러 커플이 포르투갈의 어떤 집과 스키 별장, 그리고 부르고뉴의 어느 성(城)에 모여 벌이는 이야기였다. 감독은 아름다운 여자들과 똑똑한 남자들이 점차로 파트너를 바꾸어 간다고 말했다. 그는 "공간 속의 기하학적인 형태처럼"이라고 설명했다. 나는 미레유 막시모프 옆에 앉아 있었는데, 그녀도 감독의 이야기를 잘 알아듣는 것 같지는 않았다. 그러나 사람들은 모두 그의 말을 주의 깊게 들었다. 마침내 모두 한잔하러 가기로 했다. 언제나처럼 뉘아주나 라 말렌으로 가기로 했다. 우리는 다시 차에 올랐다. 모두 말이 없었다. 그 침묵이 좋았다. 자동차는 둑을 따라 빗속을 미끄러져 갔다. 빨간 불과 조명들이 나를 편안하게 해주었다. 나는 파리의 밤이 좋았다. 밤은 종종 오후의 근심들을 가라앉혀주었다. 나는 둑을 따라 혼자서 자유롭게 걷고 싶었다.

"너 혼자 아파트 안에서 썩고 있게 내버려둘 순 없지."

미레유 막시모프는 이렇게 말하곤 했다.

그러고는 거의 매일 밤마다 나를 끌고 사람들을 만나러 갔다. 우리는 밤늦도록 그들과 어울렸고 나는 졸음 때문에 눈을 뜨고 있기가 힘들었다. 끝없는 이야기 소리, 희한한 장식의 레스토랑들, 촛불 아래에서 식사하게 되어 있는 천장이 둥근 지하 술창고. 어떤 곳에서는 큰 벽난로에 구운 꼬치구이를 먹었다. 샹들리에. 비스듬히 잘라놓은 거울. 겉으로 튀어나온 대들보. 날씨가 좋은 날 저녁을 그들은 '인디언 서머'라고 불렀는데, 그런 날이면 길가에 내놓은 테이블에 앉았다. 자리가 좁아 서로 바짝 다가앉았다. 미레유 막시모프의 친구들이 살고 있는 베르나르 팔리시나 생 브누아 거리에 함께 가기도 했다. 일요일 저녁이면 몽수리 공원 근처에 있는 아틀리에에 갔다. 그들은 브라질 요리를 먹었다. 언제나 십여 명이 함께였다. 그곳에서는 브라질 음악이 흘러나왔다. 나는 아무 말도 하지 않았다. 구석진 곳에 앉아 있다가 주변을 한 바퀴 돌아보러 나가곤 했다. 나는 슬며시 빠져나갔다. 허파 가득 공기를 들이마시며 밤길을 혼자 걷는 것이 좋았다. 나는 리옹을 떠났다. 사람들이 너무 큰 소리로 말하는 그곳으로부터 빠져나온 것이다. 그들은 알지 못하는 사람들이었고, 내 삶은 끝없는 도주였다. 파리의 저쪽 어딘가에서 나와 똑같은 생각을 가진 어떤 사람과 마주칠 거라고 확신했다. 어느 일요일 저녁, 나는 몽수리 공원의 아틀리에로 돌아가지 않았다. 그 건물 입구에서도 브라질 음악과 끝없는 말소리가 들려왔다. 나는 파리를 가로질러 비뇌즈 거리의 아파트까지 걸어갔다. 이제 그 무엇에도 겁이 나시 않았다. 미래에 대해서조차. 내 앞에 펼쳐진 크고 작은 거리들은 텅 비어 있었고, 불빛들은 평소보다 더 반짝거렸다. 잎을 스치는 바람 소리가 들렸다. 나는 술도 마시지 않았다. 아파트에 도착했을 때 미레유 막시모프는 걱정스러운 표정으로 나를 기다리고 있었다. 그녀는 왜 그렇게 갑자기 친구 집을 떠났느냐고 내게 물었다. 나는 편안하지가 않았고, 또 걷고 싶었다고 말했다. 사실 나는 그 사람들과 함께 있는 게 편하지 않았다. 그들은 모두 나보다 나이가 많고 더 똑똑한 사람들이었다. 그들과 함께 있으면 그곳이 내가 있을 자리가 아닌 것 같았다. 과연 내 자리는 정확히 어디에 있는 걸까? 나는 아직 찾지 못했다. 그녀는 마치 친언니처럼 내 이마를 어루만져주었다. 그러나 나의 말을 그다지 심각하게 받아들이지는 않았다.

그녀는 말했다.

"넌 일을 좀 저질러야겠다."

어느 일요일, 그녀는 샹젤리제에 있는 중국 음식점에 나를 데려갔다. 그곳에는 지난번 계단에서 마주쳤던 트렌치코트 차림의 남자가 우리를 기다리고 있었다. 그는 그보다 키가 좀더 큰 갈색 머리의 남자와 함께 있었다. 그 남자는 검은 색의 둥근 칼라가 달린 스웨이드 재킷을 입고 있었다. 미레유 막시모프는 내가 알고 있는 남자와 입을 맞췄다. 이름이 뭐였더라. 발테르였지. 그리고 성(姓)은 뭔가 이탈리아적인 느낌을 풍기는 것이었는데. 함께 온 남자는 우리와 악수를 하고 자신을 소개했다. 기 뱅상. 나중에 나는 그것이 그의 진짜 이름이 아님을 알게 되었다. 나는 그가 새로운 사람을 만날 때마다 무뚝뚝한 태도로 손을 내밀며 짧게 "기 뱅상"이라고 말하는 모습에 호기심이 일었다. 지금은 그 이름이 그가 자신과 다른 사람 사이에 설치해놓는 일종의 방어적인 경계물이라는 것을 안다. 그러나 그 일요일 나를 처음 만나 악수를 하면서, 그는 다른 사람에게 하는 것과는 다른 목소리로 내게 그 가명을 말했던 것 같다. 그는 아이로니컬한 미소를 띠며 그 이름을 말했다. 마치 우리 두 사람이 어떤 비밀이라도 나누고 있다는 듯이.

기 뱅상은 내 옆에 앉았다. 침묵이 흘렀다. 발테르는 미레유 막시모프 쪽으로 고개를 숙였다.

"내가 말하던 그 사람이야……"

그녀는 얼굴에 미소를 띠며 만나서 반갑다고 인사했다. 나는 언제나 그렇듯 부끄러웠다. 나는 한마디도 하지 않았다.

내가 이해한 바에 따르면, 미레유 막시모프의 친구인, 내 맞은편에 앉아 있는 발테르는 오래 전부터 사진가였다. 그는 여러 위험한 지역에 파견되었다. 어떤 전쟁에서는 부상을 당하기도 했다. 그는 사진기자들이 많이 출입하는 샹젤리제의 한 카페에서 기 뱅상을 알게 되었다.

식사가 시작되었을 때도 기 뱅상은 별로 말이 없었다. 미레유 막시모프는 그에게 이런저런 질문을 하며 분위기를 부드럽게 만들기 위해 애를 썼다. 하지만 그럴 때마다 그는 네, 아니오로만 대답할 뿐이었다. 발테르는 나를 가리키며 물었다.

"이 젊은 아가씨는?"

기 뱅상은 고개를 돌려 호기심 어린 눈으로 나를 쳐다보았다.

"그녀에게 예기치 않은 일이 일어났어요."

미레유 막시모프는 내게 보일 듯 말 듯 눈을 찡긋하며 말했다.

그녀는 내가 리옹에서 왔다고 말한 후, 오래 전 랑드 지방 어디선가 있었던 자기의 대학입학 자격시험 이야기를 그들에게 들려주었다. 그 월요일 아침 일곱시, 자명종은 울리지 않았다. 그녀의 마음 씀씀이가 무척 고마웠다. 그녀는 우리의 삶이 서로 섞일 수 있을 만큼 우리가 서로 가깝다고 생각하는 듯했다.

발테르가 웃음을 터뜨리며 말했다.

"운이 좋군요. 운명은 당신이 입학시험을 보는 것을 원치 않았어요."

나는 약간 거북했다. 미레유 막시모프는 내 손을 잡았다.

"시험을 다시 볼 생각은 아니겠죠. 그건 시간낭비예요."

발테르가 덧붙였다.

기 뱅상은 말이 없었다. 그의 시선에는 단순한 호기심뿐 아니라 내 생각을 알고 싶어하는 듯한 마음이 담겨 있었다.

"그것 때문에 마음이 아팠나요?"

그는 관심을 가진 듯한 어조로 내게 물었다.

나는 그에게 미소를 지어 보이려고 노력했다.

"나는 그렇게 생각하지 않습니다. 그 입시 이야기는 이 아가씨한테는 안된 일이에요……"

그는 두 사람을 향해 말했다.

발테르는 그에게 입학시험을 치른 적이 있는지 물었다. 기 뱅상은 아니라고, 그러나 후회하고 있다고 했다. 그가 입학시험을 치러야 했을 때는 전쟁 말기였고 그는 자기 또래의 피란민들과 함께 스위스로부터 본국에 송환되었다. 그들은 오랫동안 리옹의 한 기숙사에 머물러 있었는데, 학교 수업을 받는 대신 그곳에서 대부분의 시간을 노동으로 보내야 했다.

나는 수줍음을 억누르고 그에게 물었다.

"리옹에 오래 있었나요?"

"아니요. 한 육 개월간 있었어요."

그러나 그날 나는 그가 정확히 리옹의 어느 기숙사에 있었는지 묻지 못했다. 나에게는 모든 것이 너무도 확실했다. 나는 그가 수도원의 검은 벽 너머에 있는 모습을 상상했다.

레스토랑에서 나오자 미레유 막시모프는 내게 늦게 귀가할 거라고 말했다. 발테르는 내 양쪽 볼에 입을 맞춰 인사했다. 그는 내가 입시에 합격하지 못했어도 나를 더 많이 알게 되어 기쁘다고 했다. 그들은 차에 올랐다. 미레유 막시모프는 차창을 내리고 손을 흔들었다.

나는 기 뱅상과 단둘이 남았다. 그는 내가 그 근처에 사냐고 물었다. 나는 트로카데로 광장 근처에 산다고 대답했지만, 파리를 잘 알지 못했으므로 거리감각이 없었다.

"함께 좀 걸읍시다. 만약 당신이 피곤하다면 개선문에서 지하철을 타구요."

나는 파리에 도착한 이래로 계속 기다려오던 만남을 이룬 것 같은 기분이 들었다. 그때 그가 내게 한 이 말이 내 기억 속에 얼마나 잘 새겨졌는지, 몇 년이 지난 지금도 내 귀에 그 목소리가 쟁쟁하다. 며칠 전 나는 프랑스 말을 할 기회가 거의 없는 이곳 항구 근처를 산책하고 있었다. 나는 생각에 잠겼다. 잠시 후 파리 악센트로 "피곤하다면 개선문에서 지하철을 타구요" 하는 말을 들었다. 나는 뒤돌아보았다. 그러나 거기에는 물론 아무도 없었다.

그 일요일 오후, 우리는 산책객들 사이에 섞여 샹젤리제 거리의 오른쪽 인도를 걸었다. 화창한 날씨였다. 카페의 테라스 좌석들이 인도에까지 진출해 있었다. 지난번 저녁 라 말렌에서 사람들이 말하던 바로 그 아름다운 인디언 서머였다. 이것이 언제까지 계속될 것인가? 우리는 개선문에 다다랐다.

"피곤하지 않아요?"

기 뱅상이 물었다.

아니, 난 피곤하지 않았다.

"원하신다면 불로뉴 숲을 함께 산책하실래요?"

내가 말했다.

포르트 도핀에서 우리는 호수 쪽으로 방향을 잡았다. 내가 그를 안내했다.

"숲을 잘 아는 모양이군요."

그건 사실이었다. 오후에 그곳으로 자주 산책을 나갔으니까. 비뇌즈 거리 아파트에 혼자 남아 있을 수가 없을 때면 미레유 막시모프의 친구들 집에서 저녁에 그랬던 것처럼 그곳을 빠져나왔다. 그때마다 아무도 몰래 사라질 때와 똑같은 쾌감을 느꼈다.

우리는 호숫가에 있는 벤치에 앉았다. 나는 그가 가끔 여기로 산책을 나오는지 물었다. 아니, 한 번도 온 적이 없다 했다. 그는 나보다 열 살이나 열다섯 살쯤 더 연상일 것이다. 틀림없이 뭔가 직업을 갖고 있을 것이다. 조금 전 레스토랑에서 그랬던 것처럼 그는 거의 걱정하는 듯한 주의 깊은 시선으로 날 쳐다보았다. 사실 그도 나랑 무엇을 어떻게 할 것인지 알지 못했다. 그는 내가 몇 살인지 물었다. 나는 좀더 나이 들어 보이고 싶었지만 진실을 말

하는 게 좋을 것 같았다. 그래도 한 살을 더 보태어 열아홉이라고
했다. 그는 놀라는 것 같았다. 적어도 스무 살은 넘었을 거라고 생
각했다는 것이다.

산책 나온 가족들이 우리 앞을 지나갔다. 아이들은 계속 뒤에
처져 왔다. 아이들의 이름을 부르는 소리, 야단치는 소리…… 그
들은 점점 멀리 사라져갔다. 누군가 '기'를 여러 번 불렀다. 나는
이 남자의 이름도 기라는 사실을 떠올렸다. 그러나 그는 별 감흥
이 없어 보였다. 그때만 해도 그것이 그의 진짜 이름이 아니라는
사실을 몰랐다.

"사실은 일을 찾아요."

나는 자신 없는 목소리로 말했다.

그러고는 빠르게, 말들이 서로 뒤엉킬 정도로 빠르게 진실의 일
부를 고백했다. 내가 리옹에서 왔다는 것, 지금은 미레유 막시모
프의 집에 있다는 것, 그리고 파리에서 일자리를 찾는다는 것을.

"부모님은? 부모님은 어떤 생각을 갖고 계시나요?"

나는 이 질문이 당혹스러웠다. 리옹을 떠날 때, 부모님에 대해
서는 한 번도 생각해보지 않았다. 무관심 때문이 아니었다. 오래
전부터 부모님을 멀리해왔기 때문이었다. 그러나 그들은 아직 내
미래의 삶에 포함되어 있었다. 나의 삶이 좀더 확실해지고, 매일
아침 느끼는 이 불확실한 감정에서 벗어나게 된다면. 언젠가는

내 삶의 모든 것이 확연하고 견고해질 것이다. 그렇게 되면 기쁜 마음으로 그들을 다시 찾을 것이다.

"부모님에겐 별 기대를 할 수가 없어요."

나는 그에게 말했다.

우리는 프레 카틀랑 쪽으로 난 오솔길을 걷고 있었다. 점점 인적이 뜸해졌고 길도 숲길로 변해갔다. 길을 잃을지 모르니 되돌아가자고 말한 건 그였다. 나는 그의 직업이 무엇인지 물었다. 일 때문에 프랑스와 스위스를 자주 여행하는 조금도 흥미롭지 않은 직업이며, 동업자들과 함께 파리에 있는 '지점'에 다소 관여를 하고 있다고 했다. 너무나 평범한 일이기 때문에 말하기 시작하면 듣는 사람을 지루하게 만들 뿐이라고 했다. 그래서 더이상 묻지 않았다.

오후가 끝날 무렵, 우리는 불로뉴 숲에 있는 어느 찻집에 들어가 앉았다. 그곳에는 아까 호숫가 오솔길에서 보았던 가족들이 앉아 있었다. 다른 테이블에서는 좀 나이가 든 여자들이 큰 소리로 얘기하고 있었다. 그는 주변을 둘러보았다. 그도 나처럼 이런 장소에 처음 와보는 것이 아닐까 하는 생각이 들었다.

"우습군요. 여기 있는 여자들은 아스트라칸 모피 코트를 입고 있어요."

그가 말했다.

변함없이 평온하고 생각에 잠긴 듯한 분위기. 그후 우리가 공공장소에 갈 때마다 나는 그가 그 누구와도 공통점이 없는 것처럼 불편해한다는 느낌을 받았다. 마치 그 나라 말을 모르는 외국인이 누군가 자기한테 말을 걸어올까봐 두려워하는 것처럼. 그러나 그는 기분 좋은 표정을 짓고 차분함을 유지했다. 어쩌면 일말의 주저함이나 혼란을 얼굴에 드러내면 불행한 일이 일어날 거라고 생각했는지도 모른다. 그래서 그는 태연한 척했다. 허허로운 웃음을 지었다.

"아스트라칸 모피 코트를 입은 여자가 열넷이군요. 확인해봐도 좋아요······"

우리만의 공모가 느껴졌다. 우리 두 사람 다 이런 장소엔 어울리지 않았다. 그렇다면 다른 어딘가에 그의 자리가 있는 것일까? 우리는 개선문까지 지하철을 탔다. 그리고 한 번 갈아탄 후 트로카데로 역에 내렸다. 그는 나를 아파트까지 데려다주려고 했다. 그는 내 옆에서 리듬에 맞추어 규칙적으로 걸었다. 그 리듬은 너무나 정확해서 지금에 와서 생각해봐도 그 어느 것에 의해서도 바뀔 수 없을 것 같다. 하지만 그것은 주의를 끌지 않기 위한 하나의 방법이었다. 예를 들어 누군가가 당신 뒤를 쫓고 있다면 절대로 뒤를 돌아보아서는 안 된다. 위험이 느껴지면 침착한 걸음걸이로 계속 걸어야 한다. 비뇌즈 거리의 아파트 앞에서 그는 내가 오늘 저녁에 무엇을 할 건지 물었다. 나는 아무 계획도 없다고 했다. 그는 그날 저녁 약속이 있기 때문에 불행하게도 나를 초대할 수가 없었다. 그러나 내일, 모레, 아니면 다른 어떤 날이든 날 초대할 터였다. 그 당시 그는 호텔에 머물고 있었다. 그는 내게 전화번호를 주었다.

다음날 오후가 끝나갈 무렵 나는 그에게 전화를 걸었다. 나는 아파트에 혼자 있었다. 그는 나에게 길을 가르쳐주었다. 개선문에서 지하철을 갈아타고 조르주-V 역에서 내리라고 했다. 그런 다음 연필을 잡으라고 하더니 자기가 묵고 있는 호텔까지 가는 길을 일러주었다. 그의 목소리 톤으로 보아 내가 길을 잃을까봐 무척 겁을 내고 있는 듯했다.

그 호텔은 전날 저녁에 갔던 중국 음식점 바로 옆에 있었다. 프레데릭 바스티아 거리의 뒤베리 호텔이었다. 나는 안내 데스크에서 '기 뱅상 씨'를 부탁했다. 그곳에는 매우 엄격해 보이는 외모를 한 갈색 머리의 여자 지배인이 있었다. 나는 매일 그녀 앞을 지나갔는데, 그 기간이 하도 길어서 마치 나의 온 생애인 것같이 느껴졌다. 그러나 잘 생각해보면 그건 겨우 한 달 정도에 지나지 않았다.

나는 2층까지 계단을 올라갔다. 그는 내가 마지막 순간에 마음을 바꾸기라도 할까봐 겁이 나는 양, 문 앞에서 기다리고 있었디.

나는 잠시 발을 멈추었다. 한순간 도망가고 싶은 생각이 들었다.

나는 너무 떨려서 침대 모서리에 앉았다. 저쪽으로 창문들 사이에 의자가 하나 놓여 있었지만 도저히 거기까지 갈 수 있을 것 같지 않았다. 그는 내 앞에 서 있었다.

"머리가 젖었군요."

내 외투도 젖었다. 지하철에서 나왔을 때 가는 비가 내리고 있었다. 그해 가을에 자주 그랬던 것처럼. 그가 수건을 가져와서는 내 머리칼을 부드럽게 닦아주었다. 그는 침대 가장자리의 내 옆에 앉았다.

"외투를 벗어야겠어요."

그는 마치 자기 자신에게 말하듯 중얼거렸다. 나는 비 때문에 우리 둘이 함께 이 호텔에 들어오게 된 것이라고 상상했다. 나는 그날 아침 파리에 도착했고, 그가 리옹 역으로 나를 마중나온 것이다. 샹들리에 불빛이 눈부셨다. 비 오는 소리가 들렸다. 나는 내가 어디에 있는지 알 수 없었다. 그에 대해 아무것도 알지 못했지만 그런 건 하나도 중요하지 않았다. 그가 내 어깨를 잡았고 나는 그에게 입을 맞췄다. 나의 모든 혼란과 수줍음이 사라졌다. 그가 샹들리에 불을 켜놓았지만 아무래도 좋았다. 어둠을 쫓기 위해 더 환한 불빛이 있으면 좋겠다고 생각했다. 다음날 아침 비뇌즈 거리의 아파트로 돌아오니 미레유 막시모프는 벌써 일어나 있었

다. 그녀는 내가 오지 않아 걱정했다면서도 아무것도 묻지 않았
다. 그래서 나는 리옹 친구들을 만나서 놀다 보니 너무 늦어졌다
고 했다. 다음날에도 나는 거짓말을 했고, 끝까지 비밀을 지켰다.
그러나 지금에 와서 생각해보니 그런 것들은 너무나 평범한 일이
었다. 누구에게나 생기는 일이었다. 그가 자기 이름이 기 뱅상이
아니라고 고백하던 날 저녁이 생각난다. 그는 호텔 바로 옆에 있
는 레스토랑으로 나를 데려갔다. 그는 그 동네를 벗어나지 않았
다. 그는 내가 리옹 출신이라는 사실에 놀랐다. 그는 전쟁이 끝난
후 그 도시에 너무나 짧은 기간 머물러 있었기 때문에 동료들과
머물렀던 기숙사의 정확한 위치를 내게 알려줄 수 없었다. 손 강
에서 그리 멀지 않다. 깎아지른 듯한 계단이 있었다. 오래된 집들
이 있었다. 오르막길과 검은 담장, 불쑥 앞으로 돌출된 큰 건물들
을 기억해요? 그는 확신할 순 없지만 그럴지도 모른다고 했다. 그
렇다면 그건 수도사들의 기숙사가 틀림없었다. 나는 우연을 믿으
니까.

그후 그도 파리의 리옹 역에 내렸다. 나와 비슷한 시간에. 거의
내 나이 때였다. 이 모든 이야기를 그는 낮인데도 샹들리에를 켜
놓은 호텔 방에서 시작했다. 나도 습관이 되어 마침내 이 환한 불
빛이 그의 주변을 감싸고 있는 안개를 벗겨버릴 거라고 믿게 되었
다. 그가 파리에 도착한 날, 역에서 그를 기다리는 사람은 아무도

없었다. 그가 어린 시절을 보냈던 동네에는 그의 부모도, 친구들도 사라져버리고 없었다. 그는 이 모든 이야기를 내가 리옹에서 왔기 때문에, 그리고 그 도시가 자신이 내 나이였을 때의 에피소드를 상기시키기 때문에 했다. 그리고 그날 저녁 나는 처음으로 그를 '기'라고 불렀을 뿐이었다. 그러나 나는 그 이름을 입술 끝으로만 겨우 불렀다. 그 이름은 나를 불편하게 했다. 왠지 그에게 어울리지 않는 것 같았다. 그도 나의 망설임을 느꼈는지 내게 말했다.

"물론이지…… 나를 기라고 불러도 좋아……"

그러고는 웃음을 터뜨렸다.

나는 그가 "기…… 기……" 하고 반복하는 소리를 들었다. 마치 그 자신도 그 소리와 친숙해지려는 것처럼. 나 역시 웃음을 터뜨렸다. 그러자 그는 샹들리에를 켜고 '기 뱅상'은 실은 가짜 이름이라고 말했다. 나는 그를 진짜 이름으로 불러도 되는지 물었다. 그는 고맙지만 별로 좋아하지 않는다고 했다. 그 자신도 '기 뱅상'에 길이 들었으므로. 그에게 '기 뱅상'은 신선함, 봄, 흰색을 상기시켰다. 그것은 그를 안심시키는 이름이었다. 또한 그것은 일종의 거리감을 만들어주었다. 그와 다른 사람들 사이에는 언제나 또 하나의 자신이자 수호천사인 '기 뱅상'이 존재했다. 그가 다시 웃음을 터뜨렸고 나도 따라 웃었다. 폭소는 전염성이 있다.

하지만 내가 진짜로 웃고 싶었던가? 방은 샹들리에 불빛 아래에서 갑자기 낯설고 주인 없는 곳처럼 느껴졌다. 나는 다른 사람의 신분 속에 자신을 감추고 있는 알지 못하는 어떤 남자와 함께 있는 것이다. 나는 그가 침대 머리맡 테이블 위나 의자 또는 카펫, 그 어느 곳에도 무엇 하나 남기지 않는다는 사실을 알아차렸다. 옷가지 하나, 담배꽁초, 양말 한 짝 굴러다니지 않았다. 방에서 나갈 때조차 우리의 흔적은 어디에서도 찾아볼 수 없었다. 헝클어진 침대만 빼고. 그러나 나는 그가 급하게 시트를 잡아당겨 끝을 맞추고 침대보를 다시 씌워놓는 것을 여러 번 목격했다. 옛날에 기숙사에 있을 때 생긴 버릇이라고 했다. 그는 옷과 책 몇 권, 몇 가지 소지품과 가방들을 회사의 큰 방 한 군데에 모아두었다. 그가 '동업자들'과 일하는 곳이 바로 거기였다. 나는 매우 늦은 시각에 그와 함께 여러 번 그곳에 갔다. 그 회사는 호텔 바로 옆 퐁티외 거리의 건물 안에 있었다. 그 시각 그곳에는 아무도 없었다. 내가 사무실 안에서 기다리는 동안 그는 여행가방 안에서 필요한 물건들을 꺼내왔다. 그리고 함께 호텔로 돌아왔다.

그는 딱 한 번 진짜 이름으로 자기를 소개했다. 우리가 스위스를 여행하는 중이었다. 무슨 이유에서였는지는 나도 모르지만, 우리는 로잔의 우시 거리에 있는 어떤 호텔 로비에 앉아 있었다. 우리 가까이에는 부유한 부르주아 티가 나는 남녀들이 있었다.

그들은 프랑스인들로, 옷차림과 거동에서 무언가 한물간 듯한 인상이 풍겼다. 그러나 얼굴색들은 아주 좋았다. 모두 검게 그을린 모습이었다. 서로 잘 아는 사이 같았다. 큰 테이블에 책이 수북이 쌓여 있었다. 짙은 눈썹의 바싹 마른 남자 하나가 나비 넥타이를 맨 채 책을 내미는 사람들에게 차례차례 사인을 해주고 있었다. 모여 있던 그 사람들은 우리 두 사람을 찬찬히 관찰했다. 나는 그들의 시선에서 놀라움과 거북함을 읽을 수 있었다. 그들은 우리가 자기들과 같은 세계의 사람들이 아니며, 그런 우리가 왜 그들과 함께 있는지 이해할 수 없다는 표정이었다. 나는 우리가 어떤 분위기를 풍기는지 상상해보려고 했다. 조금 전 항구의 카페 테라스에서 험상궂은 얼굴을 한 남자와 함께 앉아 있는 금발의 젊은 여자를 보았다. 그 여자는 젊은 날의 나를 닮아 있었다. 큰 눈을 가진 그녀는 조용하고 신중해 보였다. 그녀에게 말하고 있는 남자는 갈색 머리와 나른하게 담배 피우는 모습, 물을 따르는 모습이 기 뱅상을 연상시켰다. 그러나 기—이 이름으로 부를 수밖에 없다—는 거구였다. 그럼에도 걸음걸이는 마치 발끝으로 걷는 것처럼 가볍고 우아했다. 그날 로잔의 호텔 로비에서 기는 점잖은 사람들 사이를 그렇게 걸어갔다. 그들의 사교 모임 속으로 그는 그렇게 섞여들어갔다. 나는 그가 걸으면서 그 사람들과 부딪칠까봐 걱정이 되었다. 그는 술을 마신 것이 확실했다. 그가 나를 찾으러 왔다. 내 어깨를 껴안은 그는 나비 넥타이의 작가가 사인을 하고 있는 테이블까지 나를 끌고 갔다. 그는 쌓여 있는 책 가운데 한 권을 집어들었다. 제목이 '마데르 섬에서의 삶'이었다. 나는 그 책을 오랫동안 지니고 있다가 프랑스를 떠날 때 잃어버렸다. 책상 건너편에 있는 작가는 여러 사람들에게 둘러싸여 있었다. 기는 책을 뒤적거렸다. 그러고는 몸을 앞으로 숙이며 "사인해 주시겠습니까?" 하고 물었다.

작가가 얼굴을 들었다. 그리 친절한 얼굴은 아니었다. 그의 나비 넥타이는 물방울 무늬였다.

"이름이 뭡니까?"

그가 차갑게 물었다.

그러자 기는 자신의 진짜 이름을 말했다. 나는 처음으로 그 이름을 들었다. 알베르토 짐발리스트. 작가는 그 이름의 발음이 맘에 들지 않는다는 듯 눈썹을 찡그렸다. 그는 멸시하는 투로 말했다.

"스펠링을 불러주시겠습니까?"

기는 책을 편 채로 책상에 내려놓고 손으로 작가의 어깨를 쥐었다. 작가는 앉은 자리에서 꼼짝할 수가 없었다. 기는 그의 어깨에 얹은 손에 점점 힘을 주었고, 작가는 몸이 구부러지면서 놀란 눈으로 그를 쳐다보았다. 기는 그에게 스펠링을 불러주었다. 우리 주변의 모든 사람들이 걱정스럽게 쳐다보았다. 그들은 세지히러고 했으나 기의 몸집 때문에 주저했다. 작가는 사인을 할 수밖에 없었다. 그의 이마에 땀방울이 흘렀다. 그는 겁에 질려 있었다. 기는 작가의 어깨에 손을 얹은 채로 책을 집어들었다.

"나를 좀 내버려두시겠소, 선생?"

작가는 눈을 치켜뜨고 그를 바라보며 쉰 목소리로 말했다.

기는 빙그레 웃은 다음 손에 힘을 뺐다. 작가가 일어섰다. 그리고 옷매무시를 가다듬기 위해 물방울 무늬 나비 넥타이를 고쳐 맸다. 그는 우리를 뱀 같은 눈으로 쳐다보았다. 나는 그가 경찰을 부를까봐 겁이 났다. 기는 책 제목을 보고는 웃으며 말했다.

"마데르, 멋진데요?"

나는 그가 술을 마신 건지 아니면 종종 그랬던 것처럼 울컥하는 심사가 도진 건지 알 수 없었다. 그 호텔 홀 안에서, 우리는 예전에 우리가 처음으로 불로뉴 숲을 산책하던 날 일요일의 가족들과 아스트라칸 모피 코트를 입은 여인들 사이에서 그랬듯이 이방인이었다. 그러나 나는 그의 진짜 이름을 알게 되었다. 파리에서 그가 알고 지내는 어느 누구도 그를 이 이름으로 알고 있는 것 같지 않았다. 몇 살까지 그 이름으로 살았던 걸까? 그러나 차마 물어볼 용기가 나지 않았다.

어느 오후, 그는 나를 비뇌즈 거리까지 자동차로 데려다주었다. 미레유 막시모프가 사흘 동안이나 소식이 없는 나를 걱정할 터였으므로 그녀를 안심시켜주고 싶었다. 그가 내게 말했다.

"내가 꼬맹이였을 때 어디 살았는지 가르쳐줄게."

그는 '꼬맹이'라고 파리 악센트로 말했다.

"바로 이 근처야. 불로뉴 숲 쪽."

그는 라늘라그 공원 입구에 차를 세웠다. '꼬맹이'라고 한 그의 발음이 이 동네와 어울리지 않았다.

우리는 오솔길을 걸었다. 태양이 구름 속에 가려져 온 세상이 붉은 빛 속에 잠겨 있었다. 우리는 두툼히 쌓인 낙엽 위를 걸었다.

"목요일과 일요일에는 이 공원에서 놀았어……"

나는 그에게 묻고 싶은 말들을 혼자 삼켰다. 아직 어렸기 때문에 남자들을 잘 알지 못했다. 하지만 그가 물음에 대답하지 않을 남자라는 것은 쉽게 알아차릴 수 있었다.

우리는 공원이 끝나는 곳의 거리에 있었다. 인도 위를 얼마쯤 더 걸어가다 그는 그 거리의 1번지 어느 건물 앞에 멈추었다.

"여기 삼층에 살았어."

그는 창문을 가리키며 말했다.

"저기가 내 방이었어."

그는 출입문을 밀고 현관 안으로 들어갔다. 관리실의 유리문을 두드리자 문이 열리며 대머리 남자가 삐죽이 얼굴을 내밀었다.

그가 그 남자에게 말했다.

"방금 카르팡티에 씨의 소식을 듣고 왔습니다."

나는 별 생각 없이 그 이름을 새겨두었다. 카르팡티에. 관리인은 카르팡티에 씨는 벌써 오래 전부터, 자신이 그의 뒤를 이어 여기 오게 된 후로 더이상 이곳에 살지 않는다고 설명해주었다.

"혹시 그 사람의 주소를 가지고 계신가요?"

그가 물었다.

"아니오."

우리는 라늘라그 공원 가장자리를 따라 다시 거리를 걸었다. 그는 카르팡티에 씨가 옛 관리인이며, 그 당시 자신은 아버지와 함께 커다란 아파트에서 살았다고 설명해주었다. 그의 아버지는 페루 영사였다. 전쟁이 일어나자 아버지는 아들을 카르팡티에 씨에게 맡겨놓고 혼자 고국으로 돌아갔다. 그리고 그의 아버지는 그를 잊은 것 같았다. 그후 그는 아버지에 관한 어떤 소식도 들은 적이 없었다. 그는 내게 진실을 말하고 있는 것일까? 그날 오후 나는 그에게 트로카데로 광장에서부터는 혼자서 가겠다고 했다. 미레유 막시모프가 우리 둘의 모습을 보는 것을 원치 않았기 때문이다. 페루 영사. 미레유 막시모프의 남편인 에디 역시 사람들이 '영사'라고 불렀다. 그것은 그를 무척 닮은, 그처럼 술을 많이 마시는 어떤 소설 속 인물의 별명을 따서 붙인 엉뚱한 이름이었다. 몇 년이 지난 후, 나는 때때로 한밤중에 소스라치게 깨어나 아침까지 잠을 이루지 못하는 경우가 종종 생겼다. 이 고통스런 사실 하나하나가 내 머릿속을 밤새 헤집고 다녔다. '그가 내게 했던 말들을 언젠가 모두 확인해봐야 해' 하고 생각해보기도 한다. 그러나 결국은 곰곰이 생각한 끝에 평온을 되찾게 된다. 그래 봤자 아무 소용 없는 일이다. 이미 너무 늦었다.

페루 영사. 바람은 붕붕 소리를 내며 사방에 낙엽을 날리고 내 가슴을 얼어붙게 했다. 그가 거짓말을 했다 해도 야속하지 않았다. 결국은 거짓말도 그의 일부분이니까. 그것들이 공허한 것이라 해도 할 수 없지. 나를 끌어당기는 매력 또한 그의 공허함이었으니까. 때때로 그는 텅 빈 눈을 했다. 나는 그가 무슨 생각을 하는지 알고 싶었다. 그것을 맞혀보려고 애를 썼다. 그는 베일에 싸인 알 수 없는 사람 같았다. 그가 문을 열고 방으로 들어와도 그 소리를 들을 수가 없었다. 옆에서 함께 걷고 있다가도 어느 순간에 사라져버리기도 했다. 나와 함께 있을 때는 한 번도 그런 적이 없었지만, 그가 호텔 옆 카페 사람들이나 사무실 사람들과 함께 있을 때 종종 그런 일이 일어나는 것을 보았다. 그것은 그들 사이에서 웃음거리이기도 했다. 어떤 때 나의 기억들은 중도에서 끊기기도 한다. 그러나 제네바의 론 호텔에서 그가 이상한 사람들을 만났던 스위스 여행은 잘 기억하고 있다. 국경을 넘기 전에 우리는 자동차로 인느마스를 지나게 되었나. 일요일이었다. 어둠이 내리고 있었다. 안느마스 거리는 브라스밴드와 도심을 가로질러 가는 자동차들의 행렬로 꽉 막혀 있었다. 브라스밴드가 〈아가씨, 이리 오세요〉라는 노래를 연주하는 것을 듣고 우리는 깔깔대며 웃었다. 음악 소리는 점점 멀어지더니 이내 아무 소리도 들리지 않게 되었다. 잠시 후 거리에는 아무도 없었다. 국경의 세관원들은 여권조차 보여달라고 하지 않았다. 그는 전쟁중 두 번 스위스로 넘어가려고 시도했었다는 이야기를 했다. 매번 몰래 국경을 넘으려고 했다. 그러나 첫번째 시도에서 스위스 세관원들에게 붙잡혀 프랑스 경찰에 넘겨졌다. 경찰은 그때 이미 지금 같은 키와 몸집을 갖고 있었던 그에게 만일을 위해 수갑을 채워 안느마스로 이송했다. 그는 그 일을 결코 잊어버릴 수가 없었다. 그때부터 그는 수갑을 차고 끝없이 걷는 꿈을 꾸었다. 수없이 지하철을 갈아타며 수갑 열쇠를 가진 사람을 찾아 헤매는 꿈이었다. 후에 안느마스에서 한 경찰이 그를 풀어주었다. 그는 또다시 국경을 넘으려고 시도했다. 이번에는 성공했다. 그는 제네바에서 오랫동안 페루 영사를 찾았으나 실패했다.

우리는 론 호텔에 머물렀다. 그는 오후에 로비에서 약속한 사람들을 만났다. 어떤 때는 그런 일이 저녁때까지 계속되기도 했다. 그는 내가 심심해할까봐 걱정했다. 그는 여행가방에서 돈을 한 뭉치 꺼내 내 손에 쥐여줬다. 그러면서 가게에 가서 신발도 사고 시계, 보석도 사라고 했다. 호텔 방에서 혼자 책을 읽으며 잘 지낼 수 있다고 아무리 설명하고 거절을 해도 소용없었다. 그는 그렇게 하라고 계속 우겼다. 내 나이 때 처음 제네바 거리를 보았을 때 그는 상점의 불빛과 쇼윈도에 황홀했었다고 했다. 그는 무엇이든 다 사고 싶었는데, 특히 구두가 그랬다고 했다. 물이 스며들지 않는 새 구두를 신고 걷는 것은 즐거운 일이었다. 즐겨야 하지 않겠는가, 인생은 짧은데. 결국엔 나도 설득당해 호텔을 나섰다. 다리를 건너 론 거리를 따라 걸었다. 그러나 상점 안에는 쉽게 들어서지 못했다. 첫날은 안개가 끼었다. 눈이 올까봐 겁이 났다. 나는 강둑을 따라 걸었다. 생경한 도시에 홀로 있는 듯한 느낌이었다. 그도 여기 처음 왔을 때 이런 감정을 느꼈으리라. 큰길 끝에 역이 보인다. 어쩌면 파리 행 기차를 타고 미레유 막시모프에게 가는 것이 현명한 일인지도 모른다. 그녀에게 모든 것을 털어놓고 조언을 구하면 무슨 얘기를 해줄까? 작은 길로 접어들자 영화관이 보였다. 그 시간에 영화관 안에는 나 혼자였다. 만화영화를 상영하고 있었다.

다른 날에는 햇살이 비쳤다. 파리 사람들이 말하던 인디언 서머 같았다. 어쨌든 나는 시계를 하나 샀다. 신발도 한 켤레 샀다. 의류회사의 그 치사한 놈이 벗으라고 한 청색 구두를 신는 게 지겨워졌다.

나는 그가 사람들을 만나는 동안 홀에 있어도 되는지 물어보았다. 그리고 그를 슬며시 관찰했다. 그와 함께 있는 사람들은 도대체 어떤 사람들일까 생각했다. 언제나 같은 사람들이었고 대부분은 알제리인이었다. 그들은 한 사람만 빼고 모두 가죽 서류가방을 들고 있었다. 그중 한 사람은 청색 트렌치코트와 미소 때문에 내 주의를 끌었다. 만남이 끝나면 그는 홀 구석에 있는 나를 찾으러 와 그들과 함께 앉게 했다.

그들은 낮은 목소리로 돈 이야기를 하는 것 같았다. 그들은 나에게 무척 정중했다. 나는 사정을 더 알고 싶었지만 내 일이 아닌 일에 참견한 적은 결코 없었다. 저녁이면 파리에서 그와 함께 일하는 다른 두 사람과 함께 이탈리아 식당에 갔다. 그와 같은 나이의 뚱뚱하고 친절한 한 남자는 언제나 숨을 헐떡였다. 그와 같은 사무실에서 일하는 사람이었다. 다른 한 사람은 오십대의 남자였다. 칠흑 같은 머리칼을 뒤로 빗어넘긴, 가벼운 악센트가 들어간 불어를 구사하는 매우 우아한 신사였다. 그는 언제나 정중했고, 그것이 나를 수줍게 했다. 때때로 그는 사람들을 꿰뚫어보는 듯한 시선을 던졌다. 그는 파리의 호텔 바로 옆 아르투아 거리에 살았다. 그들의 이름을 기억해봐야겠다. 그것이 나의 빈 오후 시간을 채워줄 것이다. 어느 날 오후, 기와 나는 제네바 거리를 산책했다. 그는 자기가 처음 이 도시에 머물렀을 때 자주 갔던 장소들을 알려주었다. 론 광장. 포치*를 지나자 건물들로 둘러싸인 공원이 나왔다. 그곳엔 아무도 없었다. 공원 한가운데의 나무 그늘 아래 벤치가 놓여 있었다. 그가 처음으로 이곳에 와 벤치에 앉은 날은 페루 영사를 더이상 찾을 수 없다는 걸 깨달은 날이었다. 파리에서 그는 밤이면 언제나 호텔 방 샹들리에에 불을 켜놓았다. 그는 불면증이 있었다. 그는 호텔 부근을 떠나는 일이 없었다. 우리는 자주 둘만 남아 있었다. 오후에는 함께 사무실에도 갔다. 나는 론 호텔에서처럼 한쪽 구석에 앉아 잡지를 보며 그를 기다렸다. 그는 숨차하는 그 뚱뚱한 남자와 이야기를 했다. 그들은 쉴 새 없이 전화를 했다. 뚱뚱한 남자는 가죽 의자에 앉고 기는 책상 한귀퉁이에 걸터앉았다. 그들은 서로 수화기를 주고받았다. 아니면 뚱뚱한 남자가 말을 하고 그는 수화기로 듣기만 했다. 어떤 때는 검은 머리칼의 그 우아한 남자도 있었는데, 그럴 때면 뚱뚱한 남자는 그에게 자기 자리를 내주었다.

기는 자신의 옷과 가방이 있는 방으로 사라졌다가 다른 사람들이 수화기를 들고 있는 동안 내게로 왔다. 그는 내게 돈 한 뭉치를 주었다. 제네바에서처럼. 그리고 미소지었다. 그는 나에게 여기서 자기를 기다리지 말라고 했다. 그건 지루한 일일 터였다. 나는

---

* 건물의 입구에 지붕을 갖추어 만든 구조물.

옷을 사러 상점에 가야 했다. 그랬다. 겨울이 다가오는데 내게는 외투 한 벌조차 없었다. 그는 내가 아주 이상한 여자아이라고 했다. 허공에 떠 있는. 그러므로 나는 그의 말을 듣는 게 좋을 터였다. 겨울을 위해 빨리 따뜻한 외투를 하나 사야 했다.

그래서 나는 그의 사무실을 나와 포부르 생토노레 거리를 걸어 내려갔다. 부티크 안에 들어갈 엄두는 못 낸 채. 제네바에서처럼. 그러던 어느 날 오후, 나는 트렌치코트 한 벌과 또다른 구두 한 켤레를 샀다.

밤에, 호텔에서 그는 나의 어린 시절과 가족들에 관해 물었다. 그러나 그처럼 나도 이리저리 말을 돌렸다. 나처럼 이름도 성도 하나고 리옹에서 온 평범한 여자애는 하나도 흥미로울 게 없다고 했다.

어느 월요일, 나는 언제나처럼 그를 만나러 갔다. 11월이었다. 해가 일찍 떨어졌다. 그러나 내가 프레데릭 바스티아 거리에 도착했을 때는 아직 날이 어두워지지 않았다고 기억한다. 호텔 앞에 검은 승용차 두 대, 맞은편 인도 위에 경찰처럼 보이는 한 무리의 남자들이 서 있는 모습이 보였다. 나는 호텔 안으로 들어갔다. 여자는 안내 데스크 뒤에 서 있었다. 그리고 내가 전에 제네바에서 본 적이 있는 청색 트렌치코트의 알제리 남자가 데스크에 팔꿈치를 대고 앉아 있었다.

그도 나를 알아보았다. 약간 거북해하는 것 같았다. 그의 역할이 무엇이었는지 아직도 의문이 풀리지 않는다. 그는 나에게 담담한 목소리로 말했다.

"올라갈 필요 없습니다. 이제 그 방에는 아무도 없어요."

그래도 나는 올라가려 했다. 그가 내 앞을 막으며 다시 말했다.

"아무도 없다니까요."

여자는 안내 데스크 뒤에서 움직이지 않았다. 그녀는 두 눈을 크게 뜨고 있었지만 아무것도 보고 있지 않았다. 그는 나를 부드럽게 밖으로 밀어냈다. 그러고는 낮은 목소리로 말했다.

"빨리 여기를 떠나요. 그들은 아직 당신이 누구인지 몰라요. 현재로서는 그저 '신원을 알 수 없는' 금발의 젊은 아가씨일 뿐입니다."

말들이 마구 뒤엉켰다. 그는 다른 말도 하려 했으나 시간이 없었다. 나는 길가에 멍한 상태로 서 있었다. 나는 길을 건넜다. 그들 무리에게 다가가 그중 한 사람에게 호텔에서 무슨 일이 일어났는지 물었다.

"아가씨가 무슨 얘길 하는 건지 모르겠군요."

그가 내게 대답했다.

그들은 차가운 눈으로 나를 쳐다봤다. 그들 옆에 서 있다가는 내 손에 수갑이 채워질 것 같았다. 그럼에도 나는 마구 소리를 지르고 싶었다. 그들이 내게 진실을 말하도록 난리를 피우고 싶었다.

나는 그 동네의 거리를 되는 대로 걸었다. 아르투아 거리, 베리 거리, 퐁티외 거리. 사무실 앞을 지났다. 벌써 밤이었다. 다시 한 번 호텔 앞을 지났다. 그들은 아직도 인도에 무리지어 서 있었다. 두 대의 자동차도 그 자리에 그대로 있었다. 그는 죽었다. 아니면 사람들이 그의 손에 수갑을 채워 데려갔을 것이다. 그는 밤에도 언제나 방에 상들리에를 밝혀놓았었다.

그 다음날이었을 것이다. 나는 비뇌즈 거리의 내 방에서 나가지 않았다. 미레유 막시모프에게는 몸이 아프다고 했다. 그날 저녁 그녀는 발테르와 저녁을 함께 할 예정이었다. 어쩌면 그가 무언가 알지도 모른다는 생각이 들었다. 나는 그녀에게 함께 가고 싶다고 말했다. 그녀가 그 중국 음식점으로 가자고 할까봐 겁이 났다. 그러나 그곳이 아니었다. 누군가 큰 자동차를 타고 우리를 데리러 왔다. 자동차는 내가 모르는 지역으로 한참을 달렸다. 식당에서 나는 미레유 막시모프와 발테르 맞은편에 앉았다. 거울 속에 내 얼굴이 비쳤다. 물에 빠진 자의 얼굴이었다. 다른 사람들도 알아챘을 것이다. 누군가 내게 포도주를 한 잔 따라주었다. 그러나 아무것도 목으로 넘길 수가 없었다. 그들은 대화를 나누었다. 나는 정신을 잃을까봐 겁이 났다. 그들의 이야기에 주의를 기울였다. 그들의 소리와 입술의 움직임을 놓치지 않으려고 안간힘을 썼다. 발테르는 파리에서 사라지는 사람들에 관한 취재를 하고 싶다고 했다. 그는 밤마다 경찰서에서 사진을 찍을 거라고 했다. 그들은 아무것도 눈치채지 못할 것이다. 유치장, 계류장, 시체 공시장.

구토가 일었다. 나는 정신을 잃을까봐 두려워하며 자리에서 일어났다. 그리고 화장실로 통하는 계단을 내려가서 토했다. 더이상 저 위로 올라가고 싶지 않았다. 그들 몰래 식당을 빠져나가 혼자 걷고 싶었다. 나는 비상구를 찾았다. 알제리 사람이 말한 대로 나는 아직 '신원을 알 수 없는' 금발 여자일 뿐이었다. 손 강이나 센 강에서 건져올리는 여자들에 대해 사람들은 종종 이름을 알 수 없다거나 신원을 알 수 없다는 이야기를 한다. 나도 영원히 그 상태로 남기를 바란다.

2부

그들의 얼굴 윤곽이 흐리게 보였다.
그들이 입술을 움직이는 게 보였다.
그러나 아무 소리도 들리지 않았다.
내가 어디에 있는지,
그리고 왜 이곳에 있게 되었는지도
잊어버렸다.

나는 안시에서 태어났다. 아버지는 내가 세 살 때 세상을 떠났고 엄마는 근처의 푸줏간 남자를 따라가버렸다. 나는 엄마와 그리 사이가 좋은 편이 아니었다. 가끔씩 엄마와 그의 새 남편을 보러 갔지만 그들과 나 사이에는 어떤 불편함이 느껴졌다. 내 생각에는 내가 그녀에게 좋지 않은 기억들을 상기시키는 것 같다. 엄마는 화를 잘 내고 뻣뻣한, 나처럼 전혀 감성적이지 않은 여자였다. 그녀가 화를 낼 때면 나는 겁이 났다. 그녀는 입술에 거품을 물고 북쪽 지방 억양으로 소리를 질렀다. 그들은 이상한 커플이었다. 짧은 머리와 푹 팬 양쪽 뺨 때문에, 그가 심각한 눈으로 쳐다볼 때는 마치 상대방이 지은 죄가 무엇인지 알아내려는 신부 같았다. 그 남자의 영향 탓에 엄마는 점점 남자 같아졌다. 그들 사이에는 사랑이 없었다. 오히려 군대의 동료 사이, 아니면 신부(神父)와 하녀 사이에 있을 법한 관계가 형성되어 있었다. 게다가 그들에겐 아이도 없었다. 그녀는 내 아버지와 사랑했던 걸까? 어쨌든 그녀는 사랑에 별로 관심이 없어 보였다. 아니, 오히려 그녀에게 사랑은 혐오스러운 것이었고, 나의 존재는 그녀의 삶에 끼어든 사고인 것 같았다.

내가 어릴 때는 이모가 나를 조금 돌봐주었다. 그녀 또한 감성적인 여자는 아니었다. 그녀는 남자들을 경계했다. 모든 것을 경계했다. 나조차도. 우리가 서로 그리 돈독한 관계를 맺지 못했다는 사실을 고백해야겠다. 엄마와 마찬가지로 그녀 또한 나에게는 그리 중요한 존재가 아니었다.

내가 지니고 있는 어린 시절에 관한 기억은 좋은 것도, 그리 나쁜 것도 아니다. 아버지가 살아 계셨다면 그와 아주 잘 맞았을 것이고 모든 것이 달랐으리라고 생각한다. 사람들은 내게 말하길 그가 '충동적인 사람'이라고 했다. 그게 무슨 말인지 내가 이해하는 데는 오랜 시간이 걸렸다.

다섯 살 때부터 나는 마르키자 근처의 생트 안 학교에 다녔다. 이모는 베리에 뒤 락에 살았다. 그녀는 베리에와 탈루아르의 부잣집들에서 일했다. 청소도 하고 시장도 보고 요리도 했다. 그녀는 아주 젊어서부터 카지노 근처의 안시 호텔에서 일을 했는데,

그 호텔 주인과 좋은 관계를 유지하고 있었다. 그녀가 경제적으로 어려울 때 그는 도움을 주곤 했다. 그녀는 자기 일을 잘 해결해 나가는 여자였다.

생트 안 학교에서 나는 언제나 일등이었다. 여교장은 내가 대학입학 자격시험에 합격할 수 있도록 나를 여자 고등학교에 등록시키라고 이모에게 충고했다. 그녀는 내가 국어에 특히 뛰어나니 그곳에서 '유명해질' 거라고 칭찬했다. 그러나 이모는 그 충고를 받아들이지 않았다. 그리고 거기서 약 20킬로미터쯤 떨어진 그랑 보르낭으로 가는 길에 있는 수녀원 소속 기숙학교에 등록시켰다. 내게 규율을 가르치려고 한 것이 아니라, 내가 귀찮아 떨쳐버리고 싶었기 때문이다.

엄마는 내게 한 번도 함께 살자고 하지 않았다. 그녀의 남편인 푸줏간 주인도 마찬가지였다. 아주 가끔씩 그들을 보러 갈 때면 나를 쳐다보는 그의 엄격한 시선에 놀라곤 했다. 후에, 나는 그가 특별히 나에게만 그런 것이 아니라 모든 여자들에게 그렇다는 사실을 알게 되었다. 그 남자는 여자들은 악(惡)이라고 생각하고 있는 것 같았다. 그리고 엄마에게도 그런 생각을 납득시키는 데 성공한 것 같았다. 나는 그가 엄마가 남자였으면 하고 바라는 게 아닐까 생각했다.

나는 가족생활이 어떤 것인지 모른다. 그리고 솔직히 말하면 그 생활을 좋아하지 않았을 것이다. 나는 너무 독립적이었다. 종종 나는 너무도 혼자 있고 싶었다. 나는 일요일의 가족식사라든가 형제, 자매, 사촌, 성찬식 식사, 생일잔치, 크리스마스…… 등을 결코 참아내지 못했을 것이다. 내가 하고 싶었던 유일한 일은, 아버지가 돌아가시지 않았다면 그와 단둘이서 사는 것이었다. 그라면 적어도 나를 고등학교에 등록시켜 대학입학 자격시험에 합격하게 했을 것이다.

기숙사의 규율은 생트 안 학교에서보다 훨씬 더 엄격했다. 나는 저학년 방과 고학년 방을 모두 경험했다. 수녀들은 아홉시면 불을 껐고, 천장에 달린 야등(夜燈)에서는 푸르스름한 빛이 내려왔다. 차라리 캄캄한 암흑이 더 나았을 것이다.

아침 여섯시 십오분이면 기상종이 울렸다. 우리는 가축 물먹이통같이 생긴 긴 세면대에서 빠르게 세면을 끝내곤 했다. 옷을 벗는 것은 금지되었다. 다른 사람들에게 그리고 자기 자신에게도 육체를 감춰야 했다. 마치 창피한 그 무엇처럼. 나는 그 이유를 도무지 알 수 없었지만 이해하려고 애써보지도 않았다.

기상과 세면을 마치고 나면 기도실로 갔다. 그 다음은 한 시간 동안 공부. 그 다음은 식당에서의 아침 식사. 설탕을 넣지 않은 카페오레와 버터를 바르지 않은 빵. 약간의 잼. 다시 공부. 그리고 열한시쯤 쉬는 시간. 또다시 공부. 점심. 쉬는 시간과 간식. 빵 한 조각과 초콜릿 한 조각. 저녁 공부. 저녁 식사로는 언제나 한 가지만 먹었다. '폴랭타'* 요리. 고기는 전혀 없었다. 기도실. 취침. 그리고 다음날이면 똑같은 일상이 반복되었다.

한 주 걸러 한 번씩 목요일 오후에는 마을 근처로 산책을 나갔다. 아니면 재봉이나 다림질을 하는 공동 작업장에 남아 있었다. 세상과 나를 연결시키는 유일한 것은 이모에게서 빌린 작은 트랜지스터 라디오였는데 그것도 감춰야 했다. 나는 밤에 침대 위에서 혹은 점심 식사 후 쉬는 시간에 구석진 의자에 앉아 그것을 들었다.

내가 열다섯 살이었던 해 4월, 라디오에서 들은 뉴스에 따르면 이삼 일 동안 알제리 공수대원들이 프랑스 영토에 뿌려질 거라고 했다. 나는 내전이 일어나기를 고대했다. 그러면 어른들은 더 이상 우리에게 관심을 가지지 않을 것이고, 그 혼란을 틈타서 도망쳐야겠다고 마음먹었다. 불행히도 그 다음주 일요일에 모든 것이 진압되었다.

내가 기숙사에 있는 동안 나와 스쳤던 어느 누구도 추억으로 남아 있지 않다. 하지만 열네 살 때 나는 진정한 사랑을 하고 싶어했다. 그러나 그 기간에 내 가슴을 뛰게 한 사람은 아무도 없었다.

---

* 옥수수, 조, 밤 따위의 곡물로 쑨 이탈리아식 죽.

나는 그 시간 동안 내 삶의 자잘한 사건들과 모든 얼굴들을 지워
버리는 안개 속을 통과해온 것이다. 어떤 때는 꿈이 아니었나 하
는 생각이 들 정도다. 자주 찾아오는 꿈, 기숙사 방의 푸른 야등
아래 다시 누워 있는 꿈 말이다.

*

일요일 저녁, 나는 기숙사로 돌아가기 위해 버스를 기다렸다.
정류장은 베리에 뒤 락 시청 앞에 있는 커다란 플라타너스 나무
앞에 있었다. 가을과 겨울의 일요일 저녁들만이 기억난다. 이미
날은 어두웠다. 나는 버스에 올랐다. 이미 안시에서부터 버스에
는 빈자리가 하나도 없었다. 많은 승객들이 통로에 빽빽하게 서
있었다. 일요일을 안시에서 보내고 마을로 돌아오는 농부들. 휴
가 나온 군인들. 아이들. 개들. 나는 운전기사 바로 뒤에 섰다. 차
가 출발했다. 버스는 천천히 움직였다. 저 아래 모퉁이 못 미쳐 오
른쪽으로 이모가 여름에 일했던, 미국 사람들의 티윌 빌라가 눈
에 들어왔다. 차가 블뤼피 골짜기 길로 들어서면 망통 생 베르나
르 성이 동화 속의 성처럼 꼭대기에 홀로 서 있는 것이 보였다. 우
리는 아담한 알렉스 공동묘지 앞을 지났다. 그런 다음 글리에르

전투 전사자들의 기념비와 묘지 앞을 지났다. 내 아버지도 독일 군에 저항해서 그 평원에서 그들과 함께 싸웠다고 했다. 나는 그 역시 영웅이었을 거라고 믿고 있다. 그가 죽은 것이 전쟁터에서 가 아니고 전쟁이 끝나고 몇 년 뒤의 일이지만.

버스가 마을 광장에 섰다. 아직도 걸어서 몇백 미터를 더 가야 했다. 나는 혼자였다. 다른 여자애들이 나와 함께 버스를 탄 적은 한 번도 없었다. 그애들은 근처 마을에서 살았다. 내 친구였던 실비만 안시에 살고 있었고 후에 도청에 일자리를 얻었다. 하지만 그애는 부모님이 차로 학교에 데려다주었다.

나는 그 길을 걸으며 종종 도망가고 싶은 충동을 느꼈다. 마을 광장으로 다시 돌아가 안시로 떠나는 아홉시 버스를 타고 떠나면 그만이었다. 온 길을 되돌아가면 되는 것이다. 아홉시 반이면 안시 버스 종점인 역 광장에 도착할 것이다. 하지만 그 다음엔? 물론 내게 돈이 있었다면…… 돈이 있었다면 안시에 머무르지 않았을 것이다. 버스에서 내리자마자 파리행 표를 끊고 밤기차를 기다릴 것이었다. 하지만 아직 그런 큰일을 저지를 용기가 없었다. 나는 일요일 저녁의 영원한 구원을 위해 다른 아이들과 함께 기도실로 들어갔다.

내 짝은 금발이었는데 그애 아버지가 크뤼세유에서 약국을 했다. 그애도 기숙사에서 나처럼 불행했던 것 같다. 나는 그애에게 가끔씩 내 라디오를 빌려주었다. 안마당에서 둘이 얘기하는 것이 금지되어 있었지만, 우리는 함께 얘기를 나눴다. 혼자 있거나 그룹으로 있어야만 했다. 비가 내렸다. 그것은 오 개월 동안의 눈을 예고하는 끊임없는 비였다. 그 긴긴 겨울 동안 나는 더욱더 감옥살이를 하는 것 같은 느낌이 들었다. 크뤼세유의 그 소녀는 자기 아버지 약국에서 임메녹탈*이라는 수면제 두 통을 훔쳤다. 그리고 내게 한 통을 주었다. 자살하고 싶으면 그 약들을 다 먹기만 하면 된다고 내게 설명해주었다. 언제나 그 통을 몸에 지니고 있다는 것이 얼마나 좋았는지 모른다. "그렇게 하면 자신의 삶과 죽음의 주인이 될 수 있어"라고 그녀는 말했다. 어느 누구도 더이상 나를 거스를 수 없다. 정말로 더이상 아무것도 중요하지 않다. 더이상 아무도 원망할 게 없다. 자유로운 것이다. 그리고 그녀의 말이 맞았다. 임메녹탈 통을 지니게 된 순간부터 내 마음은 훨씬 가벼워졌고 기숙사의 규율이나 수녀들이 하는 말 따위에 무관심할 수 있었다.

크뤼세유의 금발 머리 여자애는 어느 날 사라졌다. 수녀들이 그애 책상에서 '금지된' 책들을 발견하여 퇴학당했다고 했다. 나는 그녀가 기숙사 공동 침실에서 아주 작은 손전등을 켜고 책을

---

* 바르비투르산제 수면제의 일종.

읽는다는 것을 알고 있었다. 그후로 교실의 내 옆자리는 비어 있
는 채였다. 나는 지금까지도 그녀가 준 수면제 통을 가지고 있다.
어떤 때는 그걸 한꺼번에 다 삼키지 않은 걸 후회한다.

*

　여름방학은 베리에 뒤 락에 있는 이모집에서 보냈다. 근처 빌
라에서 이모가 하는 집안일과 시장 보는 일을 도왔다. 그 대가로
그녀는 약간의 용돈을 주었다. 열넷, 열다섯 무렵의 나는 내 나이
보다 더 성숙해 보였다. 어느 날 오후, 나는 샤부아르에 와서 여름
을 보내는 파리의 변호사의 빌라에서 이모와 함께 일을 하고 있었
다. 그는 묵직한 목소리로 말했다. "당신 조카에게는 악마의 아름
다움이 있군요." 그는 은백색 머리칼을 뒤로 넘긴 채 서재에 서서
나를 보고 웃었다. 악마의 아름다움이라. 나는 그 말이 무엇을 뜻
하는지 몰랐다. 그리고 겁이 났다. 그것은 사람들이 우리 아버지
를 '충동적인 사람'이라고 말할 때 느꼈던 것과 똑같은 두려움이
었다.
　어떤 때는 빌라에서 내 나이 또래의 여자애나 남자애들이 말을
걸어왔다. 그러나 나는 그들과 거리감을 느꼈다. 부르주아들. 누

구누구네 집 아들딸들. 그들은 리옹에서 왔으며, 드물게 파리에서 오는 경우도 있었다. 다른 사람들은 그 지방 출신들이었다. 그들은 안시의 스포팅 호숫가나 마르키자에 있는 테니스장, 윈드서핑 스쿨에 가곤 했다. 그들은 깜짝파티도 열었다. 그들은 테니스복을 입거나 물들인 붙인 머리를 하고 모카신*, 블레이저 등을 입었다. 나는 그들을 멀리서만 바라보았다.

열여섯 살 되던 해 여름, 우리는 탈루아르에 있는 큰 저택에서 일했다. 저녁이면 나와 이모는 테이블에 차를 준비해놓았다. 그 집 주인과 부인은 손님들을 많이 초대했다. 오후에는 엑스 레 뱅에 있는 골프장에 갔다. 부인은 우아한 금발이었다. 그들은 사남매를 두었는데 둘은 내 또래의 여자애들이고 열아홉 살짜리 아들과 알제리에서 군복무를 하고 있는 스물다섯 살 먹은 큰아들이 있었다.

그해 여름 그는 긴 휴가를 얻어 탈루아르에 왔다. 내 친구 실비가 봤으면 '낭만적'이라고 했을 얼굴에 금발 붙인 머리를 하고 있었다. 그는 종종 몽상에 잠기거나 번민하는 듯한 분위기를 풍겼다. 하지만 아침 일찍 마르키자에 테니스나 윈드서핑을 하러 가자고 동생들을 깨울 때는 권위적인 목소리로 말했다. 아침이면

---

* 북아메리카 인디언들이 신던 신발에서 유래한 납작하고 편한 구두.

두 형제는 정원에서 '인장력' 싸움이라는 내기를 했다. 그것은 잔디 위에 손을 짚고 몸을 수평으로 한 채 누가 더 오래 버티나 하는 내기였다. 나는 그의 침대를 정리하고 방을 치웠다. 그의 머리맡 탁자에는 지금도 제목이 기억나는 책『흐르는 시간처럼…』이 놓여 있었다.

침대 옆 벽에는 자기 어머니의 사진이 크게 붙어 있었고, 책상 위에는 단도가 가죽 칼집 안에 들어 있었다.

나는 그가 테니스 치는 것을 여러 번 보았다. 매번 다른 여자하고였다. 내가 이해하기에 그는 자기 어머니의 사랑을 가장 많이 받는 자식이었고, 그 또한 그녀에게 매우 강한 애착을 가지고 있었다.

그는 나를 무시하는 듯한 태도를 보였다. 어느 날 저녁, 그는 냉정한 목소리로 내게 오렌지 주스를 가져오라고 했다. 어떤 날 아침에는 좀더 부드럽지만 당연하다는 투로 자기 구두를 닦아달라고 했다. 어느 날인가 그는 내게 "엄마를 보게 되면 내가 제네바에서 저녁을 보낼 거라고 말해줘……"라고 말했다. '엄마'라는 말을 그런 식으로 하는 사람을 나는 처음 보았다. 내가 다른 사람에게 내 어머니에 대해 말한다면 그냥 단순히 '내 어머니'라고 했을 것이다.

어느 날 저녁 아홉시쯤, 나는 그와 단둘이 있게 되었다. 나는 부엌에서 설거지를 막 끝낸 참이었다. 그가 내게 말했다.

"살롱으로 위스키를 갖다주었으면 좋겠군요……"

나는 쟁반 위에 술병과 페리에, 소다수, 얼음, 유리잔을 준비했다.

살롱에는 희미한 불빛이 드리워져 있었고, 그는 소파 위에 앉아 있었다. 나는 길고 낮은 탁자 한가운데에 쟁반을 놓았다. 그의 시선이 내게 머무는 것이 느껴졌다. 그는 거북해하는 것 같았다. 거의 수줍어하는 것처럼 보였다.

"몇 살이야?"

그가 갑자기 물어왔다.

나는 그에게 열여섯 살이라고 대답했다. 침묵이 흘렀다.

"너 애인 있니?"

나는 없다고 했다. 그는 내 앞에서 위스키 한 모금을 마셨다. 나는 그대로 서 있었다.

"내가 네 나이였을 땐 애인이 많았어……"

그의 어조는 나를 가르치려는 듯 거만했다. 나는 살롱을 나오고 싶었다. 그는 단정적인 목소리로 내게 말했다.

"넌 예쁜 아이야, 알아?"

그러고는 약간 긴장한 듯이 재빠르게 말했다.

"내 방에 가지 않겠어?"

내가 왜 그 방에 올라갔는지 모르겠다. 그는 침대 옆의 불을 켰다. 그러고는 내 어깨를 눌러 침대 가장자리에 앉게 했다. 그리고 입을 맞췄다. 매우 길고 정성스런 키스였다. 열세 살 적 '누가 오래 키스하나' 내기할 때 남자애들이 하던 그런 입맞춤이었다. 나는 그가 그 나이에 그런 키스를 하는 것에 약간 놀랐다. 그는 갑자기 나를 밀어 침대에 쓰러뜨렸다. 그러고는 내 위를 덮쳤다. 그는 다시 내게 입을 맞췄다. 그것 또한 '누가 오래 키스하나'와 똑같은 종류의 키스였다. 그가 내게서 약간 몸을 떼었다. 우리는 나란히 옆에 누웠다. 감히 일어날 수가 없었다. 그는 담배 한 대를 피워 물었다. 약간 불안해 보였다. 그는 내게도 담배 한 대를 권했다. 나는 사양했다. 그가 내게 물었다.

"너 진짜 어린 여자애니?"

진짜 어린 여자애라니 그건 무슨 말일까? 나는 아무 대답도 하지 않았다.

"그러니까…… 처녀냐구."

그는 냉정하고 끈질기게 묻는 의사와 같은 말투로 내게 물었다. 나는 모르겠다고 대답했다. 나는 머리를 옆으로 돌렸다. 내 두 눈이 그의 어머니 사진 위에 박혔다.

그가 다시 내 위에 엎드렸다. 그가 나를 질식시킬 것만 같았다. 그는 내게 몸을 비볐다. 옷을 벗지 않았으므로 아무 일도 일어나지 않았다. 다시 '누가 오래 키스하나'. 그것은 나를 오싹하게 했다. 그가 자신 없어하는 것이 느껴졌다. 내 머릿속에서는 그가 의사처럼 그리고 신부처럼 물었던 그 질문이 떠나지 않았다. 나는 그가 테니스장에서 본 다른 여자들하고도 이런 식으로 행동하지 않았을까 하고 생각했다. 한 번도 같은 여자일 때가 없었다. 그는 계속해서 내 몸 위를 덮고 있었다. 그는 내 목에 입을 맞추려고 너무도 열심히 노력했다. 그것은 열렬한 입맞춤이었다. 그는 매우 애를 썼다. 그러더니 다시 몸을 떼었다. 나는 계속 있어야 하는 건지 어떤지 알 수가 없었다. 내가 왜 거기 있는지도 알 수가 없었다. 사진 속의 그의 어머니가 우리를 쳐다보고 있었다.

"아주 멋진 글귀가 있는데 읽어줄까?"

나는 그의 질문에 놀랐다. 그는 침대맡 탁자로 팔을 뻗어 『흐르는 시간처럼…』이란 책을 집었다.

"'톨레도의 밤' 이라는 대목이야. 무척 아름다워."

그가 읽기 시작했다. 의사나 신부의, 멋부린 듯한 이상한 목소리로. 톨레도의 호텔 방에서 연인들이 사랑의 밤을 보내는 장면이었다.

"그들은 옷을 벗은 채 껴안았다…… 스페인의 밤의 순결한 정원 안에는……"

그가 계속해서 책을 읽었다.

"먹이 앞에 선 젊은 남자의 육체…… 우정 어린 전투……"

급기야 나는 웃음을 터뜨렸다. 그는 입을 벌린 채 나를 뚫어지게 쳐다봤다. 그는 우리 둘 사이에 그 책을 놓았다. 갑자기 그의 눈길이 험악해지고 입술은 조금 전보다 더 얇아졌다. 나는 도무지 웃음을 멈출 수가 없었다.

"꺼져버려, 더러운 계집애……"

그것은 더이상 쓰이지 않는 우스운 단어였다. 그러나 그는 그 말을 써서 나에게 모욕을 주고 싶었을 것이다. 나는 일어났다. 그리고 잠시 문 앞에 서 있었다. 나는 그의 눈을 똑바로 쳐다보았다. 그는 내 시선을 떨구게 하는 데 성공하지 못했다. 그의 입술이 더 한층 얇아졌다. 그가 가성으로 내게 욕을 퍼부을 것 같았다. 아니면 자기 엄마와 같은 여자 목소리로. 아니면 뱀의 쉿소리를 낼 것 같았다.

*

일주일에 두 번, 이모가 주는 오후나 저녁의 자유 시간에는 안시로 가는 버스를 탔다. 정류장은 큰 플라타너스 나무 맞은편의 교회 앞이었다. 기숙사와 반대 방향으로 가는 것이 얼마나 즐겁던지…… 나는 버스 종점까지 기지 않고 카시노 앞에서 내렸다.

나는 기숙사 친구인 실비를 만났다. 우리는 파키에 거리 다음 오른쪽에 있는 르 르간이라는 카페에서 만났다. 실비는 나보다 두 살 위였다. 그녀는 크리스마스 방학 이후로 기숙사를 떠났다. 타자를 칠 줄 아는 그녀는 도청에 일자리를 얻었다. 여름에 저녁 아홉시 영화를 볼 때면 나는 그녀 집에서 잤다. 이모는 내가 정확히 그 다음날 아침 일곱시까지 베리에 뒤 락에 돌아온다는 조건 아래 그것을 허락했다. 그 시각에는 빌라에 일하러 가야 했으므로 그녀에게는 유일하게 중요한 문제였다.

우리는 거리와 상점을 쏘다니고 마르키자에 있는 호숫가에도 갔다. 저녁 여섯시쯤, 우리는 아치 문 아래 있는 술집 타베른의 테라스나 카지노 카페 테라스에 앉아 한잔씩 마셨다. 그 시간에 가장 기분 좋은 것은 이 밤이 자정까지 계속될 것이라는 사실이었다.

오후가 끝날 무렵의 타베른에는 사람들이 많았다. 우리보다 나이 많은 여자, 남자들이 스포팅에서 돌아왔다. 그들은 아페리티프나 복잡한 이름의 칵테일을 주문했다. 다른 이들은 테라스 가장자리에 지붕이 열린 자동차를 세우고 그 안에서 위스키나 오렌지 주스를 주문하여 마셨다. 옆자리에 있던 남자애들이 우리에게 미소를 보냈다. 실비는 금발이고 나는 갈색 머리였지만 눈동자는 둘 다 파란색이었다. 게다가 나에게는 '악마의 아름다움' 까지 있다지 않은가. 그러나 그 말 때문에 나 자신에 대한 신뢰감을 가질 수 없었다.

그들은 우리를 자기들 테이블로 초대했다. 그들은 우리보다 다섯 살, 열 살, 어떤 때는 스무 살이나 더 나이가 많았다. 나는 그들과 알고 지내게 되었다…… '후작'이라 불리는 자크는 검은 안경을 끼고 초록색 윗도리를 입은 키가 큰 금발의 남자로 위험한 내기를 자주 했다. 갈색 머리의 도미니크는 검은 가죽 상의의 깃을 세우고 언제나 차가운 분위기를 풍기며 아치 문을 지나가는 여자였다. 사람들은 그녀가 제네바에서 '베일에 싸인' 생활을 하고 있다고 했다. 그 밖에도 자지, 팽팽 라보렐, 로지 라블롱드, 클로드 브룅, 파울로 에르비외가 있었다. 어느 날 저녁 그들은 우리를 극장에 데리고 갔다. 그들이 좋아하는 영화 〈아름다운 미국 여자〉를 보았다. 그들은 영화 스토리를 완전히 외우고 있었고, 이미 그 영화를 '쉰다섯 번'이나 보았다고 했다. 이들 외에도 이름이 생각나지 않는 더 많은 사람들이 있었다. 그러나 실비와 나는 다소 비사교적이었다. 대부분의 경우, 우리는 그들과 거리를 두었다. 실비는 내게 자신의 계획을 말해주었다. 그녀는 그 지방에 남아 있고 싶지 않다고 했다. 파리에서 일자리를 찾으려는 생각을 하고 있었다. 자기 아버지의 사촌이 파리의 보지라르라는 동네에서 카페를 하고 있다 했다. 보지라르. 그것은 우리에게 꿈꾸게 하는 이름이었다.

나는 어땠나? 그녀는 내게 기숙사에 계속 남아 있을 거냐고 물었다. 나는 물론 그러지 않기를 바랐다. 나도 그녀처럼 도청에서 일하고 싶었다. 그렇게 해서 이모에게서 벗어나고 싶었다. 우리는 계획을 세웠다. 이듬해에 파리에 가도록 실비가 일을 꾸밀 터였다. 그녀가 방을 하나 얻으면 나도 보지라르로 갈 작정이었다.

우리는 타베른에서 만난 사람들과 함께 저녁을 보낼 수도 있었다. 그들은 우리를 식당으로 초대하거나 제네바의 나이트클럽에 데려갈 수도 있었다. 그러나 우리는 둘만 있는 것을 더 좋아했다.

실비는 나보다 더 이성적인 아이였다. 그녀가 꿈꾸는 것은 단지 그곳을 떠나 파리의 보지라르 지역에 좋은 일자리를 얻는 것이었다. 나도 그녀처럼 떠나고 싶다고 말했다. 그러나 그것은 일생일대의 사랑을 만나기 위해서였다. 나는 여기서는 그런 사랑을 결코 만날 수 없을 거라고 말했다. 내 이야기를 들은 그녀는 웃었다.

아홉시에 우리는 극장에 갔다. 어떤 날은 스플랑디드, 어떤 날은 소메이에 거리에 있는 할리우드 극장이었다. 어떤 때는 조금 더 비싼 타베른 근처의 카지노 영화관이나 복스 영화관에 갔다. 막간에 우리는 에스키모 아이스크림을 먹었다.

우리는 파키에 산책로 초입에 있는 나무 둥치에 자전거를 세워 놓았다. 자정이면 모든 것이 침묵에 싸였다. 우리는 알비니 대로 (大路)의 나뭇잎들이 만든 아치 사이로 호수를 따라 나란히 자전거를 타고 실비네 집으로 갔다.

*

9월 말의 그 일요일, 방학을 마치고 기숙사로 가는 버스를 기다리던 그날, 나는 유난히 쓸쓸했다. 저녁 기도 시간 전에 도착하려면 평소보다 빠른 오후 네시경에 버스를 타야 했다.

그날 밤 기숙사에서 나는 잠을 이룰 수가 없었다. 일찍 잠자리에 드는 습관을 잃어버린 것이다. 새벽 두세시쯤에야 잠이 들었지만 놀라서 자주 잠이 깨었다. 내가 있는 그 푸른 야등 아래가 어딘지 알 수가 없었다.

교실에서는 크뤼세유의 금발 여자아이 대신 어느 누구도 내 옆에 앉지 않았다. 나도 옆자리가 비어 있는 게 더 좋았다. 나는 또다시 주머니에 임메녹탈 약통을 넣고 다녔다. 여름방학 두 달 동안 나는 그것을 이모집 서랍 안쪽에 감춰두었다. 이제 모든 것이 다시 시작되었다.

이상한 일이 일어났다. 10월에, 나는 용기를 북돋우기 위해 더이상 임메녹탈 약통이 필요하지 않다는 사실을 깨달았다. 나는 규율에 잘 복종했다. 기숙사 침실, 교실, 작업장, 안마당, 식당, 기도실. 이런 것들은 더이상 나와 하등의 관계가 없었다. 나는 다른 곳에 있었다. 마치 낡은 디스크를 듣고 있는 느낌이었다. 이 오래된 음악을 듣기 위해 나는 약간의 노력을 기울였다. 이 모든 것이 곧 끝날 것이었다.

수녀들도 이런 변화를 눈치챘다. 나는 그들에게 미소를 지었지만 더이상 그들의 말소리를 듣고 있지 않았다. 나는 규칙을 잊어버렸다. 어느 날 아침 세면을 하면서 나는 옷을 다 벗었다. 그리고 방을 가로질러 내 침대까지 갔다. 나는 벗은 채로 잠시 침대에 누워 있었다. 만약 담배가 있었더라면 천장을 바라보며 누운 채로 한 대 피웠을 것이다. 수녀와 아이들이 나를 놀란 눈으로 쳐다보았다. 잠시 방심했던 것이다.

누군가 나를 야단쳤다. 나는 그녀에게 미소지었다. 잠시 후 그녀가 내게 말했다.

"정신이 나간 것 같군요…… 내 말 들려요?"

그녀가 나를 깨우려는 듯 내 두 어깨를 흔들 것만 같았다. 나는 그렇게 멀리 있었다…… 더이상 그 소리가 들리지 않았다.

*

만성절(萬聖節) 방학 동안 나는 기숙사에서의 내 삶에서 한층 더 멀어져갔다. 마치 9월 개학 이후 기숙사로 돌아가지 않고 대신 내 쌍둥이 자매를 보낸 것 같은 느낌이었다.

나는 정오에 도청 앞에서 실비를 기다렸다. 우리는 르 르간으로 샌드위치를 먹으러 갔다. 우리는 또다시 미래에 대한 계획을 세웠다. 우리는 보지라르를 꿈꿨다. 실비는 내 미래의 계획 속에 더이상 기숙사가 들어 있지 않다는 사실에 놀라워했다. 그러나 그녀에게 이미 마음속으로는 그곳을 떠났다고 말할 용기가 나지 않았다.

두시에 도청까지 그녀를 바래다주며 우리는 저녁에 만나자고 약속했다. 여름처럼 우리는 둘이서 함께 극장엘 갈 터였다.

나는 알비니 대로를 따라 혼자 걸었다. 시간을 보내기 위해 뭘 하면 좋을지 알 수가 없었다. 실비 외에 내 마음을 열어놓을 사람이 아무도 없었다. 나는 아버지를 생각했다. 안시의 우체국 맞은편에서 카페를 하고 있는 봅 브륀이라는 사람이 아버지를 잘 알았다. 나는 열두 살 적에 그를 딱 한 번 보았다. 내가 급성맹장염에 걸려 의사가 급히 병원 응급실로 나를 보냈다. 나는 수술을 받고 그 병원에 일주일간 입원했다. 퇴원하던 날 봅 브륀이라는 사람이 찾아와 무척 다정하게 대해주었다. 그가 병원 서류에 사인을 하고 돈을 지불했다. 후에 나는 엄마와 엄마의 남편이 돈이 아까워 봅 브륀에게 병원비를 내달라고 부탁했나는 사실을 알게 되었다. 나는 그들이 한 짓과 나 자신이 무척 부끄러웠다.

만성절 방학 금요일 오후, 나는 가슴을 두근거리며 루아얄 거리를 걸어올라갔다. 나는 우체국 앞에서 서성거렸다. 그리고 마음을 결정했다.

한가한 오후였다. 카페 안에는 아무도 없었다. 카운터 뒤에 봅 브륀이라는 그 남자가 혼자 있었다. 넙적한 얼굴에 붉은 머리카락을 가진 땅딸막한 사람이었다. 그는 내가 열두 살 적에 본 그 모습 그대로였다. 나는 신문을 읽고 있는 그의 앞으로 다가갔다.

"무엇을 드릴까요, 아가씨……?"

그는 신문에서 머리를 들었다. 나를 쳐다봤지만 알아보는 눈치가 아니었다. 나는 그에게 말했다.

"제가 그…… 딸인데요……"

아버지의 이름이 잘 발음되지 않았다. 갑자기 그가 기억하지 못할까봐 겁이 났다.

그는 양미간을 모으고 나를 찬찬히 쳐다봤다. 그리고 물었다.

"뤼시앵의 딸?"

우리는 상대방을 탐색하며 한동안 말없이 서 있었다. 울음이 터질 것만 같았다. 그러나 그는 내가 여느 손님인 것처럼 이렇게 말했다.

"뭘 마시겠어요?"

나는 평정을 되찾았다. 그는 내 의견을 묻지도 않고 잔 두 개에
코냑을 따랐다.

*

루아얄 거리에 있는 동안 코냑과 아버지에 대한 그의 이야기 때
문에 머리가 빙빙 돌았다. 충동적인 사람. 스무 살에 그는 아무 거
리낌 없이 살았다. 전쟁 때도 마찬가지였다. 항독 지하생활. 이후
그는 일상에 적응하지 못했다. 조용한 생활은 그의 방식이 아니
었다. 스위스 국경에서 금 밀수. 여자들. 우울증. 그는 언제나 같
은 시구를 읊었다. "생각난다 / 지나간 날들이……"

"네 아버지는 우리와 악수를 할 때마다 '손가락 다섯 개 모두
아직 무사한가?' 하고 농담했지."

발메트 차고 시절도 있었지…… 온갖 단어들이 서로 뒤엉켰고
나는 더이상 대단한 사실을 알게 되지도 않았다. 우리 아버지도
나와 똑같은 거리를 걸었다는 것밖에는. 그도 타베른의 테라스에
서 한잔 마셨을 것이다. 그리고 복스 영화관에도 갔을 것이다. 루
아얄 거리를 내려오며 나는 그의 그림자 속을 걷고 있는 것 같은
느낌이 들었다. 엄마와 이모는 내게 한 번도 아버지에 관한 이야

기를 한 적이 없었다. 마치 그를 잊으려는 것처럼. 사실 그는 커다란 그림자 덩어리였다. 나는 이제 그들에게 나 역시 그 그림자의 일부라는 사실을 이해하게 되었다. 그것 때문에 그들은 나를 냉담하게 대했고 내게 경계의 눈길을 보냈다. 그들은 나를 좋아하지 않았다. 그들을 좋아하지 않기는 나도 마찬가지였다. 우리는 피차일반이었다.

나는 내가 알비니 대로를 걷는 것도, 도청 건물을 지나친 것도 깨닫지 못했다. 나는 그저 앞으로 곧장 걸었다. 비가 내리기 시작했다. '지나간 날들이 생각난다', 이 시를 알아야겠다.

*

만성절 방학이 끝난 월요일, 실비와 나는 언제나처럼 르 르강에서 만나기로 약속했다. 나는 그녀에게 아버지 이야기를 하고 싶었다. 그러나 어떻게 말해야 할지 몰랐다. 그 전날, 함께 파키에 산책로를 걸으며 일요일에 개를 끌고 가족끼리 걸어가는 사람들을 보면서, 나는 그녀에게 내 마음을 토로하고 싶었다. 그러나 나는 입을 열지 않았다. 그리고 이 사람들 중에 우리 아버지를 알고 지내던 사람이 있을 거라고 생각했다.

저녁에 우리는 영화관에 갔다. 그러나 줄거리를 따라갈 수가 없었다. 수녀원으로 돌아가야 한다는 사실이 처음으로 나를 웃고 싶게 했다. 그것은 마치 어렸을 적 입던 옷을 억지로 내게 다시 입히려는 것과 같았다. 사흘 동안 나는 열 살은 더 먹은 것 같은 느낌이었다.

*

나는 플라타너스 앞에서 버스를 기다렸다. 혼자였다. 날은 벌써 어두웠다. 하루 종일 나는 눈이 내리려나 하는 생각을 했다. 똑같은 사건들—눈, 만성절, 낙엽, 3월의 우박 섞인 소나기—이 언제나 똑같은 날짜에 일어났다. 이제 겨울로 접어들고 있었다. 기숙사 침실은 또다시 추워질 것이다. 너무 추워 더이상 옷을 벗고 싶지도 않았고, 찬물에 손을 대기도 싫었다. 눈 때문에 쉬는 시간은 지붕 덮인 안마당에서 지내게 될 것이었다. 마당 구석에는 문이 닫히지 않는 화장실들이 늘어서 있었다. 그 모든 것이 내겐 아무 의미도 없다는 사실을 아무에게도 말할 수가 없었다. 아버지라면 적어도 나를 이해했을 것이다.

나는 내가 그의 그림자 안에 있다는 것을 느꼈다. 내가 왜 이 플라타너스 앞에서 버스를 기다리고 있는지 더이상 알 수가 없었다. 웃음이 나왔다. 충동적인 사람. 우울증. 나는 길을 건넜다.

버스가 플라타너스 앞에서 멈췄다. 운전기사는 내가 타기를 기다렸는지도 모른다. 그러나 아무도 없었다. 나는 길 건너편에 있었다. 나는 차창을 통해 앉아 있는 승객들과 통로에 서 있는 사람들을 보았다. 평소보다 사람이 더 많아 보였다. 문이 덜커덩 닫혔다. 버스는 엔진 소리를 내며 떠났다. 그것은 티윌 빌라 앞을 지나고 망통 생 베르나르 성, 알렉스 묘지 앞을 지날 것이다. 언제나 똑같은 길을.

*

나는 안시로 가는 버스를 탔다. 버스는 반대 방향에서 와서 교회 앞에 섰다. 차 안에는 제복을 입은 군인 세 사람만 타고 있었다. 내가 기숙사로 돌아가야 했던 것처럼, 그들은 부대로 복귀하는 길일 터였다. 그들은 큰 소리로 떠들고 있었다. 한순간 나는 그들이 나에게 치근거리지나 않을까 하고 생각했다. 버스가 사부아를 돌아 호수를 따라 곧장 가기 시작할 때부터 나는 안절부절못했다. 안시에서 내가 뭘 할 수 있을까. 수중에는 돈 한푼 없었다. 나는 카지노 앞에서 내렸다.

아무도 없었다. 내 뒤로는 잎이 다 떨어진 나무들이 알비니 대로를 따라 황량하게 서 있었다. 희미한 가로등 아래로 그 길은 영원을 향해 마냥 도망치고 있는 것 같았다. 카지노 카페는 닫혀 있었지만 이층의 창문 너머로 불빛이 흘러나왔다. 테이블에 앉아 있는 사람들의 그림자가 보였다. 이모와 내가 일했던 빌라의 몇몇 여자들이 일주일에 한 번씩 브리지 게임을 하러 가는 클럽이었다.

영화관 입구에도 불이 켜져 있었다. 분수는 꺼져 있었다. 자동차 한 대 없이 사방이 조용했다. 유리창 너머의 실루엣이 아니었더라면 이 도시에 나 말고는 아무도 없는 것처럼 보였을 것이다. 가슴속이 텅 빈 것 같았다. 다시 두려움이 엄습해왔다. 나는 혼자였고 이 죽은 도시에서 도움을 청할 데라곤 아무 데도 없었다. 실비네 집으로 갈 엄두는 나지 않았다. 부모님이 계실 것이고 나는 그들에게 무언가 설명을 해야 할 것이었다. 나는 실비를 곤란하게 하고 싶지 않았다. 어쩌면 이 꿈에서 벗어나야 할 것이었다. 하지만 어디로 갈 것인가? 기숙사로?

나는 아버지의 친구였던 봅 브륀을 만나기를 바라며 그의 카페가 있는 루아얄 거리를 따라걸었다. 그에게 도움을 청해야겠다. 나는 걸음을 재촉했다. 가능한 한 규칙적으로 호흡을 가다듬으려고 애썼디. 두려움이 떠나질 않았나. 우제국 거리의 카페는 닫혀 있었다. 나는 반대 방향으로 루아얄 거리를 걸어내려갔다. 거리에 내 발소리가 울렸다. 완전히 캄캄한 시간은 아니었다. 책방의 진열대에 불이 밝혀져 있었다. 영국 호텔의 입구에도.

나는 파키에 거리 끝, 타베른이 있는 곳에 도달했다. 아치 문 아래로 걸어갔다. 복스 영화관에는 아직 불이 켜져 있었다. 영화표를 파는 유리 창구 뒤쪽에 여자가 앉아 있었다. 나는 발길이 닿는 대로 걸었다. 현기증이 일었다. 나는 아치를 따라 오른쪽으로 돌았다. 내 발소리는 루아얄 거리에서보다 더 큰 소리로 울렸다. 나는 다시 발걸음을 되돌렸다. 또다시 타베른 앞을 지났다. 유리창 안을 들여다보았다. 안쪽 테이블에 세 사람이 앉아 있는 것 말고는 술집 안은 텅 비어 있었다. 나는 의자에 앉아 있는 여자애를 알아보았다. 생트 안 학교 시절 우리 반이었던 금발의 가엘이었다. 벌써 그때부터 그애는 화장을 하고 다녔다. 지금은 루아얄 거리의 향수 가게에서 일을 하고 있었다.

나는 문을 열고 들어가 그들 앞으로 걸어갔다. 가엘과 다른 두 사람이 걱정스러운 얼굴로 나를 뚫어지게 쳐다보았다. 내 행색이 이상했던지 그중 하나가 물었다.

"어디 몸이 안 좋아요?"

벽을 따라 길게 늘어져 있는 네온 불빛에 눈이 부셨다. 그들의 얼굴이 잘 보이지 않았다. 한 남자가 내 팔을 잡아 가엘 옆의 긴 의자 위에 앉혔다.

"코냑 한 잔만…… 괜찮아질 거예요……"

나는 천천히 코냑을 마셨다. 정말 좀 나아졌다. 네온 불빛에도 익숙해졌다. 주변의 모든 것이 다시 분명해졌다. 마치 입체영화라도 보는 것처럼, 모든 것이 평상시보다도 더 선명해졌다. 그들의 말도 훨씬 더 크게 울렸다.

"괜찮아요?"

그가 나에게 웃어 보였다. 가엘과 또다른 사람도 내게 미소지었다. 그들이 누구인지 알아볼 수 있었다. 나를 앉힌 남자는 서른다섯 살가량의 갈색 머리로 이름은 라퐁이었다. 그는 여름이면 저녁마다 타베른의 테라스에 앉아 그 둥근 얼굴로 쉴새없이 웃고 떠들었다. 그는 아페리티프를 사주었고 우리가 테이블에 자리를 잡으면 그가 제일 상석을 차지하곤 했다. 그는 리옹과 스위스를 오가며 옷감을 팔았다. 다른 남자도 여름이면 타베른에 자주 왔다. 그는 라퐁보다 조금 젊은 갈색 머리의 마른 남자였다. 그의 이름은 오르시니였다. 제네바에 산다는 그 남자에 대해서 잘 아는 사람은 없었다.

가엘은 내가 혼자 거기서 뭘 하고 있었는지 물었다. 나는 그들에게 버스를 놓쳐 기숙사에 돌아가지 못했다고 말했다.

"당신 나이에 아직도 기숙사에 있어요?"

라퐁이 물었다. 오르시니도 라퐁만큼 놀라는 것 같았다.

"얘가 몇 살로 보여요?"

가엘이 그들에게 물었다.

"스무 살."

오르시니가 말했다.

"나하고 똑같은 열여섯이에요."

가엘이 말했다.

"무슨 소리."

검지를 세우며 라퐁이 심각한 얼굴로 말했다.

"농담하지 맙시다. 오늘 저녁 여러분은 스물한 살이에요……
둘 다 성년이란 말입니다."

가엘과 내가 스물한 살로 보이는 것은 사실이었다.

"내일 아침 기숙사에 데려다줄게요."

오르시니가 내게 말했다.

나는 왜 내일 아침이지 하고 생각했다.

"그래, 차를 놓친 건 그리 심각한 일이 아니야……"

가엘이 말했다.

그녀는 언제나 그랬던 것처럼 아이라이너와 립스틱으로 화장
을 하고 갈색 단발머리를 하고 있었다. 미장원에서 막 나온 듯한
모습이었다. 그녀의 긴 손톱에는 빨간 매니큐어가 칠해져 있었는

데, 오른쪽 가운데 손톱만 매니큐어칠 없이 짧게 잘려 있었다. 실비를 만날 수 있었다면 얼마나 좋았을까. 그러나 이미 그녀는 오래 전부터 집에 있을 시간이었다.

"우리랑 함께 저녁 먹으러 갑시다."

오르시니가 내게 말했다.

나는 전신이 무감각한 상태에 빠지는 걸 느꼈다. 내가 몸을 일으켜 그들과 함께 아치 문 아래를 걷는 것이 모두 꿈만 같았다. 모든 것들이 꿈속에서처럼 힘들이지 않고 저절로 이루어졌다. 차는 호수 거리 모퉁이에 서 있었다. 그것은 마치 이 도시의 유일한 자동차인 양 내게는 매우 기이해 보였다.

"걷는 건 질색이야."

라퐁이 말했다.

가엘은 그와 함께 앞좌석에 앉았다. 오르시니와 나는 뒷좌석에 놓인 가죽 가방 때문에 좁게 끼어 앉았다. 그가 팔로 내 어깨를 안았다. 라퐁이 시동을 걸었다. 나는 웃음을 터뜨렸다. 아마도 코냑과 좀전에 느낀 두려움 때문이었으리라. 그 공포심은 나중에 다시 나를 엄습해올 것이다. 그것에 대해 너무 생각하지 말고 그냥 이대로 굴러가게 내버려두어야 한다. 나는 내가 왜 이 차 안에 있는지조차 알 수 없었다.

*

　사부아 호텔은 타베른만큼이나 텅 비어 있었다. 호텔 주인은 우리에게 메뉴판을 주었다. 나는 배가 고프지 않았다. 생 프랑수아 광장을 지날 때면 자주 이 식당 앞을 지났다. 하지만 내가 이렇게 이곳에 오게 되리라곤 상상도 하지 못했다…… 나는 사부아 호텔이 이모와 내가 일하는 빌라 같은 곳에 사는 부자들만 오는 곳이라고 생각하고 있었다.

　그들은 각자 요리를 골랐다. 물론 가엘도. 나는 그녀의 태연자약함에 놀랐다. 그녀는 거위간과 굴을 골랐다. 그녀는 나도 같은 것을 고르기를 원했다. 하지만 그것들은 내 속을 메슥거리게 했다. 라퐁은 내게 고기를 먹겠느냐고 물었다.

　“얼굴이 무척 창백해요. 뭔가를 좀 먹어야겠어요.”

　오르시니가 말했다.

　그는 친절한 얼굴로 나를 쳐다봤다. 하지만 그런 친절을 진심이라고 믿을 수 있는 것일까?

　“저녁 먹기를 거절하는 건 아니겠지? 무례한 행동이야……”

　가엘이 말했다.

　그녀는 정색을 하고 말했다. 교육을 잘 받았다고 여기게 하는 어조였다.

"서로 안 지 오래됐어요?"

내 생각을 읽기라도 한 듯 라퐁이 물었다.

"같은 학교를 다녔어요."

가엘이 대답했다.

"그 학교에서는 이상한 것들을 배우는 모양이군."

오르시니가 예의 친절한 미소를 띠고 말했지만 그 미소 속에는 무언가 의미심장한 것이 들어 있는 것 같았다.

그들이 계속 권해서 나는 결국 과일 샐러드와 아이스크림을 먹었다. 라퐁은 샴페인을 시켰다. 술을 마시지 않는 사람은 나뿐이었다.

*

생 프랑수아 광장으로 나오자 나는 그들이 날 혼자 남겨두고 가버릴까봐 겁이 났다. 오르시니가 내 어깨에 팔을 둘렀다. 안심이 되었다. 나는 아무 데라도 그들을 따라갈 작정이었다. 우리는 차에 올라 아까와 같은 자리에 앉았다. 가엘이 내게로 몸을 돌렸다.

"기숙사 걱정은 하지 마. 밤새도록 놀 수 있어…… 나도 내일 아침 여덟시에는 일하러 가야 해……”

라퐁이 차에 시동을 걸었다. 그들은 보줄라 가의 생트라로 가려고 했다. 내 어깨를 안은 오르시니의 손에 힘이 들어갔다.

자동차 한 대, 사람 한 명 없었다. 카지노 영화관과 이층 유리창 안의 불도 꺼졌다. 희미한 가로등 아래 쭉 뻗어 있는 텅 빈 알비니 대로를 보는 순간 공포가 엄습해왔다.

보줄라 가는 캄캄했다. 생트라의 붉은 불빛이 보였다. 바에 있는 남자는 옅은 잠이 들었었는지 우리가 들어서자 깜짝 놀랐다.

“문을 닫을 건데요……”

“이봐요, 언제나 마지막 시간에 깜짝 놀랄 만큼 좋은 일이 있게 마련 아닌가요?……”

라퐁이 말했다.

우리는 테이블에 가서 앉았다. 나는 두려움을 가라앉히기 위해 한잔 마시고 싶었다. 위스키를 마시고 싶다고 했다. 가엘은 내 보호자 같은 몸짓으로 내 머리를 쓰다듬었다.

“그래, 너도 한잔 할래? 소다를 섞어 마시는 게 좋아……”

나는 다른 이들과 잔을 부딪쳤다. 그리고 크게 한 모금 마셨다. 맛이 썼지만 두려움이 사라졌다.

우리는 더이상 말을 나눌 필요가 없었다. 바 주인이 음악을 틀었다. 가엘은 라퐁의 어깨에 얼굴을 기댔다. 그러고는 내게도 오르시니에게 그렇게 하라고 눈을 찡긋해 보였다. 나는 공포심을 사라지게 하기 위해 무엇이든 할 용의가 있었다. 내 눈이 벽에 붙어 있는 포스터에 가서 멈췄다. '알코올로부터 미성년자를 보호합시다'. 나는 웃음이 나왔다. 누가 나를 보호한단 말인가? 모든 게 머릿속에서 뒤죽박죽이 되었다. 탈루아르 빌라의 그 남자는 침대 위에서 내게 '톨레도의 밤'을 읽어주었다. 그리고 벽에는—그의 표현대로—자기 엄마의 사진이 걸려 있었다. 그런데 나는, 내 어머니는 한 번도 나를 보호해준 적이 없었다. 유일하게 그녀가 나를 기숙사에 데려다준 적이 있었는데, 그것은 저녁 일곱시가 아닌 오후 네시에 빨리 나를 보내버리기 위해서였다. 일요일마다 나는 다크 초콜릿을 두 개씩 준비했다. 기숙사에서 너무 배가 고팠기 때문이다. 그 시절 어느 일요일, 어머니는 자기 남편에게 빵집 앞에 차를 세우라고 하고 우리 둘은 초콜릿을 사러 가게 안으로 들어갔다. 그러나 돈을 내야 할 때 그녀는 자기 지갑에 돈이 없다는 사실을 깨달았다. 나는 그녀가 자기 남편에게 돈을 좀 달라고 할 줄 알았다. 그러나 그녀는 조금 거북한 얼굴로 내게 말했다.

"저 사람에게 그런 얘기 하지 마…… 다음에 사줄게……"

어머니는 그에게 돈을 달라고 하지 않았다. 그녀는 그가 약간의 돈을 아끼고 내가 배고파 죽는 쪽을 선택했다. 나는 아무것도 기대하지 않았다. 초콜릿 사건은 나에게 충격을 주었다.

"슬퍼 보이는군요."

오르시니가 말했다.

그들 셋은 아무 말 없이 나를 바라보았다. 가엘이 내 신발을 뚫어지게 쳐다보았다.

"너 신발 좀 사야겠다……"

그녀는 품위에 관한 충고를 하고 싶은 것 같았다. 아니면 단지 분위기를 부드럽게 하려고 아무 말이나 하는 것이든지.

"세드릭 가게에 아주 예쁜 것들이 있어…… 내일 거기 가서 보여줄게……"

그들은 춤까지 췄다. 가엘은 라퐁과 추고 오르시니하고도 추었다. 나는 춤을 출 줄 모른다고 말했다. 라퐁과 오르시니가 차례로 춤출 것을 계속 권했으나 나는 거절했다. 그들 소리가 더이상 들리지 않았다. 음악 소리만 들렸다. 아주 슬프고 베일에 싸인 듯한. 그 음악 소리는 외부에서가 아니라 내 속에서부터 울려나오는 것 같았다. 웅성거리는 말소리 때문에 잘 들리지 않는 멜로디 하나가 말소리 속으로 다시 잠식되기 전, 침묵 속에서 매우 뒤늦게 울렸다. 그들의 얼굴 윤곽이 흐리게 보였다. 말하려고 그들이 입술을 움직이는 게 보였다. 그러나 아무 소리도 들리지 않았다. 내가 어디에 있는지, 그리고 왜 이곳에 있게 되었는지도 잊어버렸다.

한 커플이 춤을 추었다. 언제나 같은 커플이었다. 가엘과 오르시니. 라퐁과 가엘. 그리고 나는 아주 멀리서 들리는 음악일 뿐이었다. 그것은 끊어질 듯하다가도 점점 더 느리게 다시 시작되는 음악이었다. 사람들이 조금이라도 들을 수 있도록 침묵만을 기다리는 듯한.

*

보줄라 가에서, 나는 일요일마다 깨끗이 빨래한 옷과 초콜릿을 넣어 기숙사로 가져가던 여행가방을 들고 있지 않다는 사실을 불현듯 깨달았다. 조금 전 타베른에 놓고 온 것이었다.

이번에는 오르시니가 운전을 하고 내가 그 옆에 앉았다. 라퐁과 가엘은 자신들을 먼저 영국 호텔에 내려달라고 했다. 그런 다음 나는 오르시니와 함께 가방을 찾으러 갈 것이다. 타베른이 문을 닫지 않았다면.

자동차가 영국 호텔 앞에 멈추자 가엘이 손으로 내 머리카락을 쓸어주며 말했다.

"이따가 보자, 친구야."

그녀는 라퐁의 팔을 잡고 호텔로 이어지는 그라비에 골목길을 걸어갔다. 그녀는 약간 비틀거렸다. 오르시니는 차를 돌려 루아얄 거리로 다시 내려갔다.

타베른은 막 문을 닫으려는 찰나였다. 벌써 의자들이 테이블 위로 올려져 있고, 남자 한 명이 네온 불 하나만 켜놓은 채 홀 안을 비로 쓸고 있었다. 내 여행가방은 테이블 위에 놓여 있었다.

"자, 기숙사로 데려다줄까?"

오르시니가 내게 물었다.

그는 내게 반말을 했다. 그는 알비니 대로로 차를 몰았다. 나는 그가 가로등 아래 인적 없는 이 거리를 곧바로 달려 일요일 저녁 버스가 가는 예의 그 길로 갈 거라고 생각했다. 그러나 도청 앞에 이르자 그는 차를 반대 방향으로 돌렸다. 그 순간, 나는 내 삶이 새로운 방향으로 전환한 것 같은 환각에 사로잡혔다. 대기실에 앉아 있는 것처럼 모든 것의 언저리에서 미결인 상태로 불안정했던 시기는 이제 끝난 것이다.

자동차가 점점 더 천천히 가는 것처럼 느껴졌다. 그리고 우리가 텅 빈 거리를 지나는 동안 나는 좀전의 그 음악 소리가 또다시 들리는 것 같은 느낌이 들었다.

그는 영국 호텔 입구에 차를 세웠다. 우리는 그라비에 골목을 따라 호텔 안내 데스크까지 걸어갔다. 그러나 거기엔 이미 아무도 없었다. 나는 그의 뒤를 따라 계단을 올라갔다. 이층 복도에는 작은 야등이 밝혀져 있었다. 열쇠가 방 문에 꽂혀 있었다. 그는 나를 먼저 들어가게 했다. 방은 넓었으며 어슴푸레 불이 밝혀져 있었다. 안쪽으로 반쯤 열린 욕실 문이 불빛을 직사각형으로 가르고 있었다. 왼쪽 구석의 소파 위에 가엘과 라퐁이 누워 있었지만 잘 보이지 않았다. 가엘은 점점 더 신음 소리를 높여갔다. 오르시니는 안쪽 문을 열쇠로 잠그더니 나를 침대로 데려갔다. 구리 살이 달린 침대였다. 한참 후에 그는 놀란 것처럼 보였다. 그에 따르면 나는 처녀조차 아니었다.

*

나는 이제 기숙사로 돌아가지 않았다. 그리고 어머니와 이모도 다시 보지 못했다. 그건 내게 그리 큰 상실이 아니었다. 아버지의 옛 친구인 봅 브뢴이 내게 아치 문 아래 있는 호수 거리의 찻집에 종업원 자리를 하나 알선해주고, 찻집이 있는 건물 맨 꼭대기 층의 작은 방에 머무를 수 있게 해주었다.

1월에 실비가 파리로 떠났다. 그녀는 보지라르 거리에 있는 아저씨 카페에서 일을 할 거라며 우리가 오래 전부터 계획해온 대로 나를 부르겠다고 말했다. 이 주 후 나는 그녀로부터 엽서를 한 장

받았다. '모든 것이 잘 되어가고 있어. 곧 만나자, 안녕'. 그녀는 자기 주소를 적지 않았다. 파리 우체국의 소인은 '르노드 거리'로 되어 있었다. 그후로 나는 더이상 그녀로부터 아무 소식도 받지 못했다. 아마도 날 잊은 것 같다.

겨울이 지나고, 모든 날들이 단조로워졌다. 주중에는 찻집에 손님이 그리 많지 않았다. 그들은 토요일과 일요일, 마르디 그라* 와 부활절 방학 때 왔다. 나는 칼라에 빨간 수가 놓인 기숙사의 검은 에이프런을 더이상 입지 않았다. 그 대신 검은 치마를 입고 레이스가 달린 작은 에이프런을 걸쳤다. 매일이 똑같은 일과 똑같은 말들의 반복이었다. 이제 기숙사 침실, 교실, 식당, 기도실이 아니라 초콜릿 에클레르,** 밀크티, 에스프레소, 피스타치오와 딸기향 아이스크림, 마카롱,*** 아가씨 설탕 좀 더 주세요, 였다. 저녁에 일이 끝나고 나면 거리를 걷건 영화를 보건 자유였다. 그 겨울과 봄 몇 달 동안 나는 거의 아무도 만나지 않았다. 나는 혼자 있는 게 더 좋았다. 거의 오 년 동안 기숙사에서 남과 함께 생활했었다. 낮에는 한 순간도 나 혼자 있을 수가 없었고 단체 행동이 아니

---

* 사육제의 마지막 날로, 사순절이 시작되는 '재의 수요일' 바로 전날이다. 고기를 먹는 화요일이라는 뜻으로 사순절 전 기름진 음식을 먹는 풍습에서 유래된 축제.
** 초콜릿을 위에 바른 과자의 일종.
*** 편도와 밀가루, 달걀 흰자위, 설탕 등을 넣어 만든 고급 과자.

면 아무것도 할 수 없었다. 식사, 잠자기, 세수하기…… 처음에는 나 혼자 방을 쓰는 것이 신기했다. 한밤중에도 기숙사 침실의 푸른 야등 아래 있는 것 같아 깜짝 놀라 잠이 깨곤 했다. 나 자신을 안심시키기 위해 불을 켜야만 했다. 그래, 끝난 거야. 아주 잘 끝났어.

저녁에는 산책을 했다. 공원에도 가고, 호수가 보여 관광객들이 많이 찾는 알비니 대로 쪽의 샹 드 마르스에도 갔다. 그리고 다시 거슬러 올라갔다. 내 걸음은 언제나 저절로 역 광장으로 옮겨지고 있었다.

밤에 나는 역 플랫폼으로 들어가 파리 행 기차가 서 있는 플랫폼의 긴 의자에 앉아 있곤 했다. 언젠가는 이제까지의 나의 삶을 모두 청산하여 뒤로하고 그 기차를 타고 떠날 거라고 확신했다. 그러나 실비와는 다르게 일단 파리에 도착하면 그보다 더 멀리, 영원히 인연을 끊기 위해 프랑스어를 쓰지 않는 다른 나라로 떠나고 싶었다.

나는 내 방으로 돌아왔다. 돌아오는 길에 루아얄 거리에 이르자 용기가 사라졌다. 끝까지 이 도시에서 발을 빼지 못하고, 나를 다른 곳으로 데려갈 어느 누구도 만나지 못할지도 모를 일이었다. 그리고 내 안에 느껴지는 그런 비상(飛上)이 날이 갈수록 약해질까봐 겁이 났다.

*

좋은 계절이 다시 돌아왔다. 열일곱 살이 되던 해 여름이었다. 6월에 주인은 다음달부터 나를 쓸 수가 없을 거라고 통보했다. 나는 봅 브륀의 소개로 임페리얼 호텔의 지배인을 만나기 위해 호텔 안내 데스크를 찾았다. 나는 그에게 여름 휴가를 보내기 위해 이 호텔에 머무는 부유한 손님들이 혹시 베이비시터를 구하거나, 자리가 나면 호텔 청소원, 식당 종업원으로라도 써달라고 부탁했다.

지배인은 나를 예의 주시해서 쳐다보더니 내게 맞는 일자리가 있는지 힘껏 찾아보겠다고 약속하며 말했다.

"아가씨는 성공할 거요, 당신은……"

그는 재차 말했다.

"성공할 거예요……"

그는 내게 용기를 주려 했던 것 같다. 사실 그날 나는 온 힘이 다 빠져나간 것 같은 기분이었다. 미래에 대해 별 희망이 보이지 않았다. 사흘 후, 그가 어떤 부인에게 나를 추천했고 그 부인이 나를 임페리얼 호텔로 부른다는 전갈이 왔다.

그녀의 이름은 엘 쿠툽 부인이었다. 나이는 적어도 일흔 살이나 그 이상이었지만 쉰 살 정도로밖에 안 보였다. 그녀는 로잔과 파리를 오가며 살았고 여름 휴가를 임페리얼 호텔에서 보냈다. 내 역할은 그녀를 보필하는 것이었다. 또한 그녀의 개도 돌봐야 했다.

우리가 처음 만났을 때 내가 엘 쿠툽 부인에게 놀랐던 점은 그녀가 호수 근처의 빌라에서 내가 보아온 부르주아들과 전혀 다른 사람이라는 것이었다. 그녀는 나를 마치 딸이나 손녀처럼 따뜻하게 대했다. 그녀는 매우 특이한 악센트로 말했는데, 호텔 지배인은 그것이 '파리 근교'의 악센트라고 설명해주었다. 그는 그녀가 스무 살 때에는 무용가였다고 귀띔해주었다. 지금은 과부였다.

*

그녀 곁에서 보낸 7월이 나에게는 그해 여름의 가장 행복한 시기였을 것이다. 내 일은 그 전해 이모와 함께 빌라에서 한 것보다 훨씬 힘이 덜 드는 것이었다. 하루 종일 서 있어야 했던 찻집 일보다도 힘이 덜 들었다.

나는 엘 쿠툽 부인의 애완견을 산책시켜야 했다. 개의 수둥이

가 거렁뱅이들의 그것과 닮았다 하여 그녀는 개를 보비 바냐르*
라고 불렀다. 나는 그녀가 임페리얼 호텔 식당 테라스에서 호수
를 바라보며 점심 식사를 할 때도 동반했다. 그전에 나는 방에서
개에게 먹이를 주었다. 그리고 호텔 식당에서 식사하는 주인에게
데려가고, 오후 네시와 일곱시에 개를 산책시켰다. 그런 후 엘쿠
툽 부인을 카지노에 데려다주었다. 그녀는 밤 열한시까지 그곳에
서 시간을 보냈다. 지배인은 그녀가 거기서 바카라 게임**을 한다
고 내게 설명해주었다. 나는 방에서 개와 함께 있다가 열시쯤 마
지막 산책을 시키기 위해 데리고 나왔다. 그리고 열한시쯤 카지
노 앞에 가서 기다리고 있다가 엘 쿠툽 부인을 임페리얼 호텔까지
모셔왔다. 그러면 그녀는 내게 봉투를 주었는데, 매일 백 프랑짜
리가 석 장씩 들어 있었다. 파란 편지지 왼쪽 상단에는 다음과 같
이 적혀 있었다.

엘리에트 엘 쿠툽
파리 16구
마레샬 모누리 1번지

---

* '도형수(徒刑囚) 보비(Bobby)' 라는 뜻.
** 카지노 게임들 중 가장 큰 도박이라고 할 수 있는 카드 게임.

그리고 종이 한가운데에는 대각선으로 "감사합니다"가 커다란 글씨체로 새겨져 있었다.

첫날 나는 그것이 한 달치 월급인 줄 알았다. 그래서 그녀에게 7월 말에 줘도 된다고 말했다. 그녀는 어깨를 으쓱하더니 말했다.

"애야, 돈은 매일 지불하는 게 낫단다…… 내 경험으로 보면 그게 더 안전해……"

일주일에 두 번씩 나는 택시로 로잔까지 가는 그녀를 동행했다. 물론 개도 함께. 그녀는 많은 시간을 거기 ─ 보리바주 호텔 ─ 에서 보냈다. 게다가 올해부터는 완전히 그곳에 정착하기로 마음먹고 있었다. 안시에서 떠나면 더이상 국경을 넘지 않을 터였다. 그녀는 프랑스와 파리는 자신에게 너무 많은 추억들을 상기시킨다고 말했다. 로잔에선 시간이 멈추어 있다고 했다. 더이상 아무것도 생각하지 않았다. "나처럼 여러 인생을 산 여자들이 마지막 날들을 보내러 오는 곳이 여기 로잔이야."

택시는 우리를 보리바주 호텔 앞에 내려놓았다. 엘 쿠툽 부인은 거기서 친구들과 카나스타*를 했다. 나는 호텔 정원에서 개를 산책시켰다. 우리는 테니스장을 지나서 비탈진 잔디밭을 따라 걸었다. 거기에는 아주 작은 무덤들이 있었다. 영어, 불어, 스페인

---

* 카드 게임의 일종.

어, 독일어로 이름과 추모하는 글을 새긴 개들의 묘지였다. 날짜를 보니 그 개들은 금세기의 전반에 살았으며 다양한 나라 출신이었다. 그중 어떤 것은 아메리카에서 태어났다. 로잔에서 마지막 나날을 보내는 것은 엘 쿠톱 부인과 같은 여자들만이 아니었다. 개들도 마찬가지였다.

나는 보비 바냐르와 함께 호텔에서 식사를 했다. 택시가 열한 시쯤 와서 우리 셋을 다시 안시까지 데려다주었다. 이런 날에 엘 쿠톱 부인은 내게 오백 프랑을 주었다.

나는 그녀와 그 개에게 마음을 주었다. 우리가 임페리얼이나 보리바주 호텔 정원을 산책할 때면 가끔씩 개가 걸음을 멈추고 나를 이상한 눈빛으로 바라보았다. 그가 나를 그리 심각하게 생각하는 것 같지는 않았고, 지금 우리가 서로 잘 지내고 있다는 것을 나타내고 싶어하는 것 같았다. 제발 이런 시간이 계속되기를. 안시에서 밤 열시쯤 나는 때때로 개를 더 먼 산책 코스로 데리고 갔다. 우리 둘은 역 광장까지 걸어갔다. 돌아오는 길에 나는 개를 줄로 묶지 않아도 되었다. 그도 엘 쿠톱 부인만큼이나 삶에 대해 많은 것을 알고 있을 것이다.

로잔으로 가는 택시 안에서 엘 쿠톱 부인은 내게 친절을 보이며 내 삶에 관해 물어왔다. 어느 날 그녀는 나를 안아주고는 웃으며 말했다.

"내 느낌에 너도 엘리에트 엘 쿠툽의 기질이 있어 보이는구나……"

그 당시에는 그게 무슨 말인지 잘 알아듣지 못했다. 남자들은─그녀에 따르면─'모든 면에서' 그녀를 충족시켜주었다. 그녀는 우리가 같은 외모를 가진 것은 아니지만 내 경우도 자신과 같으리라고 생각했다. 내 나이 때 그녀는 에메랄드빛 눈을 지닌 금발의 소녀였다. 그녀는 내게 충고를 해주고 싶지만 이제는 세상이 너무나 많이 변했다고 했다. 남자들은 이제 더이상 진짜 남자가 아니었다. 그들은 인색하고 쩨쩨해졌다. 보잘것없는 인간들. 나는 내가 관심 있는 것은 돈이 아니라 진정한 사랑이라고 했다.

"애야, 돈이 진정한 사랑을 막는 것은 아니란다……"

그녀는 꿈꾸는 듯했다. 그러고는 갑자기 슬퍼지는 것 같았다. 로잔으로 우리를 데리고 가는 택시 운전사는 라디오를 켜는 습관이 있었다. 엘 쿠툽 부인과 내가 그해 여름에 함께 좋아하던 그 노래가 종종 흘러나왔다.

사랑은 하루와 같은 것,
흘러가버리네, 흘러가버리네, 사랑은……

*

　어느 날 호텔에 도착하자 지배인이 내게 엘 쿠툽 부인이 떠났다고 했다. 그녀는 아무 설명 없이 밤에 보비 바냐르와 함께 떠났다는 것이다. 그녀는 내게 봉투 하나를 남겼다. 백 프랑짜리로 천 프랑과 '감사합니다' 라는 큰 글씨체.

　그 이별이 나를 힘들게 했다. 사람들은 기이한 방법으로 사라진다…… 그후 며칠 동안 나는 엘 쿠툽 부인, 그녀의 개, 실비, 나의 아버지……를 많이 생각했다. 저녁이 되자 발걸음이 역과 우체국 거리의 카페로 옮겨졌다.

　봅 브륀은 카운터 뒤에서 매상을 계산하고 있었다. 카페를 막 닫으려는 참이었다. 그는 마침 내가 온 것을 매우 기뻐했다. 내 아버지의 물건들을 몇 가지 찾은 그는 내게 그것들을 주고 싶어했다.

　밝은 밤색 가죽 트렁크. 그 안에는 책, 사진, 권총, 총알들이 담긴 작은 상자가 들어 있었다. 그는 권총을 꺼내더니 그것이 나의 아버지가 전쟁 때와 '그후' 에 사용한 것이라고 설명했다. 그는 명사수였다. 그는 그 권총 아니 '자동 권총' 이 어떻게 작동하는지 내게 가르쳐주고 싶어했다. 나는 무기를 좋아하지 않았지만 그가 보이는 시범을 잘 보았다. 알지 못하는 아버지를 잘 이해하려면 그의 흔적을 되밟거나 그와 똑같은 행동을 해야 하는 것 아닌가.

사진 속의 나의 아버지는 종종 여자와 함께였다. 그러나 나의 어머니는 아니었다.

저녁에 나는 그가 읽었던 책들을 읽기 시작했다. 그것들은 트렁크에 들어 있었다. 『낚시하는 고양이 거리』『메르모즈의 생애』『등산 매뉴얼』『변장에 관한 매뉴얼』 그리고 연한 연두색의 작은 책자『19세기 시인들의 시집 모음서』. 거기에는 다음의 두 시구에 밑줄이 쳐져 있었다. "생각난다／지나간 날들이……" 그러나 나는 더이상 그에 관해 알지 못했다.

*

8월 말쯤, 지배인은 임페리얼의 어떤 손님이 베이비시터를 찾는다고 알려주었다. 삼십대의 매우 부유한 부부로, 프레데릭 아스팽 씨와 그 부인이었다. 부인은 거만한 금발로 언제나 불만스러운 얼굴을 하고 있었다. 그녀는 내게 한마디도 건네지 않았다. 나도 그녀를 잠깐 보았을 뿐이다. 남편은 처음 본 순간부터 마음에 들지 않았다. 프랑스인인 그 역시 거만한 태도였으며 유복하게 자란 사람 특유의 변덕스러움을 가지고 있었다. 그는 호텔 테니스장의 코트 하나를 장기 임대하고 있었는데, 그것은 그가 테니스를 치지 않을 때라도 다른 사람이 그 코트에 있는 것을 견디지 못하기 때문이었다. 그는 또한 모터보트도 빌려 하루 종일 부인과 함께 수상 스키를 탔다. 그는 퉁명스러웠다. 그러나 아랫사람들이 자신을 매력적이라고 느끼게 하고 싶어했다. 그래서 그는 내게도 이렇게 말하곤 했다.

"아니에요…… 나를 선생님이라고 부르지 말아요…… 우리 사이에 우스운 일이오……"

그러고는 두툼한 눈썹 아래 있는 눈으로 경멸스러우면서도 놀리는 듯한 시선으로 나를 처다봤다. 그러나 나는 그를 선생님이라고 부르길 고집했다. 그는 금발의 곱슬머리로 갈색 피부에 파란 눈을 가졌다. 지배인은 내게 그가 '이탈리아 왕세자'와 닮았다고 말했다. 마치 그가 말하는 게 누군지 내가 알아듣기라도 하는 것처럼.

사흘 동안 나는 두 아이를 돌보았다. 그애들이 수영을 하도록 스포팅 호숫가로 데려갔다. 그런 다음 레스토랑 테라스에서 점심을 먹였으며, 방으로 데려가 낮잠을 재웠다. 다섯시에 또다시 수영장. 일곱시 반에는 부모 방 옆에 있는 애들 방에서 저녁을 먹었다. 아홉시에 취침. 나는 아스팽 부부가 돌아오는 자정까지 호텔 방에서 기다렸다. 나는 그 동안 아버지의 책들 중 『낚시하는 고양이 거리』를 읽었다.

사흘 후 그들은 자기들 집이 있는 제네바로 아이들과 함께 떠났다. 그러나 그 다음날 아스팽 씨는 지배인에게 전화를 걸어왔다. 아이들 가정교사가 휴가에서 돌아오기 전 일주일 동안 제네바에서도 베이비시터가 필요하다고 했다. 그리고 그것이 나였으면 좋겠다고 했다. 그 제안을 내가 왜 받아들였는지 모르겠다. 아마도 이 지방을 영원히 떠나기 전에 약간의 돈을 모으기 위해서였을 것이다. 그러나 어디로 떠나나? 아직은 나도 알 수 없었지만 가능한 한 먼 곳이기를 바랐다. 그리고 지배인도 나에게 가라고 조언했다. 그는 '프레데릭 씨'에게 일종의 존경심을 가지고 있었는데, 아마도 그가 이탈리아 왕세자와 닮았기 때문일 것이다. 프레데릭 씨의 할아버지도 프랑스인이었는데 그는 산업에 많이 사용되는 플라스틱이 발명된 덕분에 전쟁 전 미국에서 큰돈을 벌었다고 지배인이 내게 설명해주었다. 프레데릭 씨는 십 년 전에 할아버지의 유산을 상속받았다고 했다. 그는 그 재산으로 미국과 스위스를 오가며 살고 있었는데 액수가 하도 많아서 프레데릭 씨는 자신이 보통 사람들이라면 겪어야 할 법과 우연한 일들 따위는 초월했다고 생각했다. 어렸을 적 그의 어머니가 데려간 적이 있기 때문에 그는 안시의 임페리얼 호텔에서 종종 며칠을 묵었다. 그가 얼마나 자기 어머니를 사랑하는지 보는 사람이 감격스러울 정도였다. 지배인의 이 지적은 나의 경계심을 일깨웠다. 달루아르에 있던 그 남자도 자기 어머니를 무척 좋아했었다.

*

저녁 식사 전에는 아스팽 씨네 집에 도착해야 했다. 나는 버스 종점에서 제네바 행 버스를 기다렸다. 일요일 저녁이었다. 조금 떨어진 역 광장에는 벌써 시동을 건 다른 버스가 서 있었다. 일요일마다 기숙사로 타고 가던 그 버스였다.

왠지 기분이 좋지 않았다. 나는 그런 기분을 억누르려고 애썼다. 어쨌든 제네바로 일을 하러 떠나야만 했다. 일주일에 천오백 프랑이면 할 만한 일이라는 생각이 들었다. 나는 여행가방을 들고 차에 올랐다. 기숙사에 갈 때 쓰던 것이었다. 나는 그 안에 옷가지와 세면도구 그리고 부적처럼 지니고 있던 아버지 물건들 ― 사진, 책, 권총, 총알 등을 넣었다.

차가 떠나기 시작했다. 기숙사로 돌아갈 때보다 승객이 훨씬 적었다. 몇 자리는 비어 있었다. 나는 맨 구석자리에 앉아 옆에 가방을 놓았다.

아직 해가 걸려 있었다. 버스는 크뤼세유에 멈췄다. 나는 그곳에 살던 내 짝 금발 여자애를 생각했다. 그녀는 무엇이 됐을까?

나는 언제나 임메녹탈 약통을 지니고 있었다. 하지만 오늘은 그 것을 가져오지 않았다. 호수 거리의 내 방에 남겨두었다.

생 쥘리앵 엉 주네부아. 국경이었다. 세관에서는 우리에게 신분증조차 요구하지 않았다. 황혼녘에 버스는 내가 알지 못하는 도시의 변두리를 통과했다. 그리고 종점에 도착했다.

나는 종점 매표소에 있는 사람에게 아스팽 씨의 집 주소를 보이며 길을 물었다. 그는 그 집이 오 비브 공원 너머에 있으며, 걸어가기엔 좀 멀다고 했다. 그래서 나는 택시를 탔다. 나는 택시기사에게 아스팽 씨네 집에서 몇백 미터 떨어진 둑에 내려달라고 했다. 불안감을 가라앉히기 위해 걷고 싶었다. 밤이었다. 가로등 아래의 레만 호숫가는 안시 호숫가와 닮아 있었다. 내 왼쪽으로 시청 건물임이 틀림없는 커다란 건물의 담장이 서 있었다. 인도와 플라타너스들은 알비니 대로와 똑같았다.

나는 손에 여행가방을 들고 기숙사로 걸어가던 여느 일요일 저녁처럼 걸었다. 아무것도 변하지 않을 것이다. 모든 것이 같은 시간에 같은 배경에서 반복된다. 지배인은 내게 "당신은 성공할 거예요"라고 했지만 몇 년 동안 나는 제자리만 뱅뱅 돌았을 뿐이다. 그 원에서 빠져나가지 못하고…… 절망과 고독감이 나를 엄습해 왔다. 나는 그것에 대항하여 싸우려고도 하지 않았다. 내게는 아주 작은 것이면 충분하다는 것을 알고 있었다. 내게 도움말을 해주는 부드러운 목소리나 내 어깨에 얹은 손 같은……

나는 대문 앞에서 벨을 눌렀다. 한참이 지난 후 자갈 위를 걷는 발소리가 들렸다. 문을 열어준 것은 아스팽 씨였다. 그는 여전히 금발의 곱슬머리로, 안시에서보다 더 햇볕에 그을려 있었다. 그는 인사를 하며 이상한 웃음을 흘렸다. 짙은 눈썹 아래로 나를 뚫어지게 쳐다보는 그의 시선도 이상했다. 그는 술을 마신 것 같았다. 그는 카디건을 걸치고 셔츠 안쪽에 머플러를 두르고 있었다. 우리는 집 현관 계단으로 나 있는 가로등 길을 따라갔다. 유리문이 있는 하얀 집으로, 입구는 회랑 아래 있었다. 내가 이모와 함께 일했던 빌라보다 훨씬 더 크고 호화로운 저택이었다.

입구의 계단 아래에서 그가 내게 말했다.

"아이들은 오늘 저녁에 없어요. 내일 저녁에 애들 엄마와 함께 그슈타드에서 올 거요. 당신 방을 보여주겠어요."

그는 상대방을 무시하거나 조롱하는 듯한 무례함과 웃음을 가지고 있었다.

바닥은 검고 흰 마름모꼴로 된 대리석이었다. 그는 입구의 쇠문을 안에서 열쇠로 잠갔다. 갑자기 함정에 빠졌다는 생각이 들었다. 그는 계단으로 걸어갔다.

"당신 방으로 데려다주겠소."

나는 그를 따라 계단을 올라갔다. 그가 열쇠로 문을 잠그는 것을 본 순간, 나는 공포심에 몸을 떨었다. 그러나 한 계단 한 계단 오르며 약간씩 냉정을 되찾았다. 이층 층계참에서 그가 내게 말했다.

"친구가 와 있어요. 함께 한잔 하지 않겠어요?"

이런 제안을 하다니 놀라웠다.

"그렇게 하시죠, 선생님……"

"이제 선생님이라고 부르지 말아요…… 어쨌든 오늘 저녁에는……"

그가 내게 미소지었다.

그는 온 벽에 나무 장식이 있는 작은 살롱으로 나를 들였다. 한쪽 벽에는 책꽂이가 있었고 벽난로 앞에는 긴 소파가 놓여 있었다. 샹들리에와 벽난로 위의 갓을 씌운 등이 빛을 비췄다. 창문의 커튼은 젖혀져 있었다. 남자 하나가 소파에 앉아 있다가 일어섰다. 중간 정도의 키에 아스팽 씨와 같은 서른다섯 살의 금발이었다. 그는 블레이저를 입고 넥타이를 매고 있었다. 손목에는 금팔찌가 채워져 있었다.

그는 내게 손을 내밀고 자신을 소개했다.

"알랭입니다. 프레데릭의 여자친군가요?"

그의 목소리는 가늘었다. 주름진 얼굴도 겉늙고 병적인 느낌을 주었다.

“새로운 베이비시터야.”

아스팽 씨가 말했다.

그러자 그 남자는 마치 동물을 보듯 나를 훑어보기 시작했다.
그리고 머리를 끄덕였다.

테이블 위에는 반쯤 빈 코냑 병과 잔 두 개가 놓여 있었다. 재떨
이에는 시가가 꺼져 있었다.

“앉아요.”

아스팽 씨가 내게 말했다.

나는 긴 소파 옆에 있는 가죽 의자에 앉았다. 여행가방은 무릎
위에 올려놓았다.

“편히 앉아요.”

그가 내 가방을 집더니 소파와 의자 사이에 놓았다. 다른 남자
는 웃으며 계속 나를 쳐다보았다. 그러나 차가운 눈빛 때문에 그
미소가 가짜라는 것을 알 수 있었다.

“결국, 그 이탈리아 레스토랑은 별로 훌륭하지 않았어.”

아스팽 씨가 말했다.

벽난로 위에 어떤 여자의 초상화가 액자에 끼워져 걸려 있었
다. 그녀는 맑은 피부에 행복한 미소를 띠고 있었다. 틀림없이 그
가 무척 좋아하고 또 그에게 가장 많은 사랑을 준—아니면 그가
외동아들이었거나—그의 어머니일 것이다.

"우리가 클럽 58에 사냥하러 가지 않기를 잘했지. 우리에게 이 아름다운 아가씨가 떨어진 걸 보면……"

다른 남자가 말했다.

아스팽 씨는 마냥 미소를 띠고 거의 사랑에 빠진 찬탄의 눈길로 그 남자를 바라보았다. 어쩌면 그들은 수상쩍은 사이일지도 몰랐다.

"아이들이 없으니 오늘은 우리를 위해 베이비시터를 해야겠는데……"

다른 남자가 말했다.

"알랭, 그녀가 너에게 어떻게 했으면 좋겠어?"

아스팽 씨가 재미있다는 투로 물었다.

그 순간, 나는 그들이 술을 마셨고 무슨 짓이든 할 준비가 되어 있다는 사실을 정말로 알아차렸다. 다른 남자 역시 지배인의 표현대로 자신이 보잘것없는 중생들이 따라야 하는 법과 우연한 일 따위는 초월했다고 생각할 것이 뻔했다. 그리고 그들에게 나는 그저 보잘것없는 한 중생인 것이다.

아스팽 씨가 일어섰다. 그는 샹들리에의 불을 끄러 갔다. 긴 소파 주변의 불빛이 훨씬 약해졌다. 다른 남자가 의자 가장자리에 와서 앉았다. 내 목을 애무하는 그의 손이 느껴졌다.

"이제는 낭신이 어떻게 우리의 베이비시터 노릇을 할지 보여술

차례야……"

아스팽 씨는 흥미로운 광경을 목격할 준비가 되어 있다는 듯, 바로 옆의 긴 소파에 앉았다. 내 목에 와 닿은 그 남자의 손길이 점점 더 강해졌다. 그는 내 머리를 숙여 윗몸을 굽히게 하려고 애썼다. 그러나 나는 꼿꼿하게 앉아 한치도 움직이지 않았다.

"내 방에서 했으면 좋겠어요."

나는 초연한 목소리로 말했다.

그들은 둘 다 나의 침착함에 놀라는 것 같았다.

"물론이지…… 아가씨 말이 옳아…… 당신 방이 더 나을 거야……"

남자가 말했다.

내 목에서 그의 손이 떨어져나갔다.

내가 일어서자 아스팽 씨도 일어섰다. 나는 내 여행가방을 집어들었다.

"당신 방은 삼층이오."

아스팽 씨가 말했다.

"나를 위해 우리의 베이비시터를 잘 준비시켜. 삼십 분 후에 올라갈 테니까……"

그 남자가 가는 목소리로 말했다. 그러고는 다시 내게 웃어 보였다.

"최선을 다하지."

아스팽 씨가 말했다.

"그래…… 바로 그거야…… 최선……"

그는 자기 목소리보다 한층 더 가는 웃음소리를 터뜨렸다.

우리는 살롱에서 나왔다. 나는 다시 한번 그를 따라 계단을 올라갔다.

넓은 방, 넓은 침대, 벽에는 연한 노란색 천이 드리워져 있었다. 방과 통해 있는 욕실 문이 크게 열려 있었다. 두 창문 사이에 있는 화장대 위에는 빗, 화장품, 향수병으로 꽉 차 있었다. 나는 그것이 내 방이 아님을 알아차렸다. 문에는 작은 열쇠가 달려 있었다. 그가 열쇠로 문을 잠갔다. 그리고 그 열쇠를 자기 주머니 안에 넣었다. 나는 점점 더 침착해졌다.

"잠깐 욕실에 가도 될까요, 선생님?"

그는 머리를 끄덕여 그러라고 했다. 그는 팁처럼 내 손에 오십 프랑짜리 지폐를 쥐여주었다.

"오늘밤은 계속해서 나를 선생님이라고 불러…… 그게 더 좋아……"

나는 내 여행가방을 가지고 욕실 안으로 들어갔다. 문을 닫고 세면대의 수도꼭지 하나를 틀어놓았다. 물이 흐르게 내버려두었다. 나는 욕조 가장자리에 앉아 내 가방을 뒤졌다. 그리고 권총과

총알이 든 상자를 꺼냈다. 권총에 총알을 장전했다. 결국은 언제
나 똑같은 일의 반복일 것이었다. 똑같은 계절들. 똑같은 호수들.
일요일 저녁의 똑같은 버스. 월요일. 화요일. 금요일. 1월. 2월. 3
월. 5월. 9월. 똑같은 날들. 똑같은 사람들. 똑같은 시간에. 아버지
가 말한 대로 언제나 다섯 손가락.

　나는 방으로 들어갔다. 그는 화장대 옆에 있는 의자에 앉아 나
를 기다리고 있었다. 그가 놀라서 벌떡 일어섰다. 그리고 눈썹 짙
은 눈을 치켜떴다. 나는 사격에 아버지와 똑같은 재능을 가진 것
이 틀림없다. 한 방에 그 남자를 죽였으니까.

3부

르네,
개,
잃어버린 사진,
도살장,
아침에 잠을 깨우는 말발굽 소리.
그건 우연이 아니었다.
내 인생에 대해 좀더 잘 이해하려면
이 동네에 아직도
얼마간 더 머물러 있어야 했다.

자세한 일들을 일일이 기억하진 못하지만, 그 시기를 생각하면 내 귀에는 아직도 말발굽 소리가 생생하다.

내가 열아홉 살 되던 해 1월에 나는 런던에서 파리로 왔다. 그 전해 가을 노팅힐에서 만난 오스트리아 사람이 파리에 있는 자신의 아틀리에 열쇠를 나에게 맡겼다. 그는 마요르카 섬에 한동안 머물 계획이었는데, 자기가 없는 동안 아틀리에에 누군가 있기를 바랐다. 나는 그의 제의를 받아들였다.

나는 내가 가는 동네에 대해 아무것도 알지 못했다. 그것은 소블로 거리로, 포르트 드 방브 지하철역 부근이었다. 아틀리에의 유리문은 사람의 손길이 전혀 닿지 않아 버려진 듯한 작은 정원과 단독 주택으로 통해 있었다. 그곳에서 내가 혼자라는 사실을 느껐을 때 나는 계속 머무를 것인지 혼란스러웠다. 내가 런던을 떠난 것은 즉흥적인 결정이었다. 더이상 있을 필요를 느끼지 못했기 때문이었다. 이곳 파리에서, 이 미지의 동네에서 나는 세상과 완전히 단절되어 있었다.

아틀리에에서 첫날 밤은 잠드는 데 한참이 걸렸다. 건물 전체에 아무도 살지 않는 것처럼 조용했다. 아침 일찍 말발굽 소리에 잠이 깼다. 기병 연대가 부근 대로를 지나가는 것이리라 생각했다. 1월의 마지막 주에는 날씨가 화창했다. 하늘은 엷은 청색이었다. 그런 파란 하늘과 태양 아래 며칠이 지났다. 런던의 바커스라는 가게에서 해고될 때 받은 돈 중에서 아직 이천 프랑이 남아 있었다.

도착 후 이삼 일이 지난 아침 열한시경에 전화가 울렸다. 잠에서 깬 지 얼마 되지 않은 시각이었다. 여자 목소리가 오스트리아 사람의 이름인 게오르크 크라머를 찾았다. 나는 그가 여행을 떠났다고 말했다. 한동안 침묵이 흘렀다. 잠시 후 그 여자는 내가 누구인지 물었다. 나는 오스트리아 사람이 없는 동안 아틀리에를 지키고 있다고 말했다. 그 여자는 내게 자기 이름과 전화번호를 남기며 그가 연락을 하면 전해달라고 했다. 그녀는 여하튼 몇 주일 후에 다시 전화하겠다고 말했다.

머리맡 탁자에 놓인 전화가 아무 쓸모가 없다는 생각이 들었

다. 프랑스를 떠난 지 너무 오래되었기 때문에 내가 전화를 걸 만
한 사람을 생각해낼 수가 없었다. 아무리 생각해도 아무도 없었
다. 단조로운 일상의 흐름을 깰 일이라곤 없었다. 저녁 여섯시경
부터는 안절부절못하다가 전화번호를 남긴 여자에게라도 전화해
볼까 하는 생각까지 했다. 전화번호를 적은 쪽지를 머리맡 탁자
서랍에 넣어두었다. 나는 그 서랍을 여러 번 열었다 닫았다 했다.
번호도 여러 번 봤다. '오퇴유 15-28'. 번호를 외웠다. 게오르크
크라머가 혹시 전화를 해서 안부를 물을지 모른다는 생각도 들었
다. 게다가 그 여자는 다시 전화하겠다고 말했다. 사실 별 할말도
없었다.

　나는 오후 일찍 포르트 드 방브 역에서 지하철을 타고 몽파르나
스 역에서 내렸다. 거기서 렌 가(街)와 보지라르 가를 거쳐 뤽상
부르 공원과 라탱 가에 갔다. 하늘은 여전히 푸르고 1월의 햇살도
여전했다. 나는 생 미셸 가의 책방과 카페를 전전했다. 대로에서
학생들이 여러 그룹으로 모여 있는 것을 보니 마음이 놓였다. 나
도 책가방을 들고, 강의를 듣고, 하루 일과표를 가졌으면 하는 생
각이 들었다. 센 강 우안(右岸), 샹젤리제 쪽으로 갈 수도 있었지
만 그때는 그 동네가 마음에 들었다. 내 나이 또래 사람들을 많이
볼 수 있는 동네였기 때문이리라.

　~~종종~~ 작은 영화판의 낮 상영 영화를 누 번 연달아 봤다. 저녁에

는 상폴리옹 가의 작은 영화관에서 영화가 시작되기 직전까지 다른 사람들과 함께 앉아 외로움을 잊었다. 그러나 영화관을 나오면서 다시 안절부절못했다. 보지라르 가, 렌 가, 몽파르나스에 이르는 길을 되돌아가야 했다. 거의 텅 빈 지하철 객차 안에서 불안감은 더해갔다. 게오르크 크라머의 아틀리에가 세상의 끝같이 느껴졌는데, 그 느낌은 포르트 드 방브 역을 나와도 마찬가지였고, 거기서부터 몇 분 걷는 동안도 마찬가지였다.

처음 며칠간 햇빛과 푸른 하늘이 보이더니 다시 본격적인 겨울 날씨로 변했다. 1월의 추위와 찌푸린 날씨가 나의 불안감을 더했다. 카페나 작은 영화관에서 내가 섞여들려고 했던 내 연배의 사람들이 모두 이방인처럼 느껴졌다. 아니 내가 이방인이었다. 그들이 얘기하는 것을 들었지만 이해할 수가 없었다. 그들도 내 말을 이해하기 힘들었을 것이다. 나는 사람들과 어울리지 못하는 편이 아니었다. 그래서 그 감정을 설명해보려고 노력했다. 그것은 바커스에서 나를 해고한 다음날 런던에서부터 시작되었다. 일년 반 전부터 나는 이 큰 상점에서 일하는 데 익숙해져 있었다. 그일을 좋아하진 않았지만, 그 일을 하지 않게 되자 갑자기 하루하루가 공허해졌다. 그렇다, 그 감정은 런던에서 시작되었다. 바커스에서 일하고 있을 때도 그랬다.

밤이 오면 나의 불안감은 좀 가라앉았다. 어둠과 빛이 대조를 이루는 파리의 밤은, 안개가 끼어 낮인지 밤인지 구분이 안 가고 음울한 회색에 침식당하는 것 같은 대낮보다 더 확실한 인상을 주었다.

나는 밤이 되기 전에는 외출하지 않았다. 나를 짓누르는 침묵 때문에 오후 내내 트랜지스터 라디오나 전축을 켜놓았다. 벽에 달린 선반식 책장에 책들이 여러 권 꽂혀 있어서 되는 대로 한 권씩 골라서 읽었다. 그러나 책을 읽는 동안에도 라디오나 전축을 켜놓았다. 그 책들은 여행이나 먼 나라 또는 섬에 대한 것이었다. 여행 안내서, 관광지도, 해양지도 따위였다. 포르트 드 방브의 아틀리에에 하루 종일 있으면서 세계 곳곳을 여행할 수 있었다. 책을 읽으면 기분이 좀 나아져서 여행 계획을 세우기도 했다. 원하는 곳이라면 어디든 갈 수 있는 자유로운 몸이었지만, 멀리 갈 생각은 없었다.

저녁 여섯시경 나는 아틀리에를 나섰다. 처음으로 지하철에서 심한 불안감에 휩싸였다. 그날 저녁부터 코스를 바꾸기로 작정했다. 그때까지 걸어서 다니던 렌 가와 보지라르 가 코스가 두려워졌다. 아마도 점점 더 음울해 보이던 라탱 가에 도달하기 위해 매일 같은 길로 가는 것이 싫어졌던 것이리라.

몽파르나스에서 지하철을 타서 상젤리제 역에서 내리려고 했다. 나는 포르트 드 라 샤펠 방향이라고 표시된 긴 통로를 따라갔다. 그러고는 러시아워의 인파에 휩싸였다. 계속 앞으로 가지 않으면 사람들의 발에 밟힐 지경이었다. 인파는 서서히 움직였다. 사람들 사이는 더 빽빽해졌고 통로는 플랫폼 쪽으로 내려가는 계단이 가까워지면서 더욱더 좁아졌다. 나는 더이상 뒤로 물러설 수 없었고 그저 흐름에 끼어 갔기 때문에, 인파에 녹아버릴 듯한 느낌이 들었다. 통로 끝에 다다르기도 전에 사라져버릴 것 같았다.

플랫폼에 서서, 이대로 영영 빠져나가지 못하는 게 아닐까 중얼거렸다. 나는 주위에 있는 많은 사람들에게 휩싸여 객차 안으로 들어섰다. 기차가 서는 역마다 한 무리의 사람들이 객차 안으로 들어와 나를 더욱더 안쪽으로 밀어넣었다.

열차가 섰다. 사람들은 나를 밀었지만 객차를 빠져나오는 사람들에 떠밀려서 나도 밖으로 나올 수 있었다. 다시 바깥 공기를 들이마셨다. 나는 다시 살아났다. 나는 내가 나 자신임을 확인하기 위해 큰 소리로 내 이름, 생년월일을 되뇌어보았다.

나는 무작정 걸었다. 다행히 어두워졌고 밤공기는 차가웠다. 거리의 불빛이 초롱초롱하고 신호등의 빨간 불과 초록 불이 일정한 간격으로 바뀌는 것을 보니 마음이 놓였다.

사방이 어두워지고, 찬 공기 덕분에 나는 늪 속을 걷는 듯한 악몽에서 불현듯 벗어났다. 그제야 보도가 탄탄하다는 것을 발 밑으로부터 느낄 수 있었다. 아틀리에로 돌아가기 위해서는 이제 똑바로 걷기만 하면 되었다. 각성제를 먹은 듯 의식이 또렷해졌다. 런던의 바커스에서 일할 때, 오후에 서 있기 힘들 때면 비타민 C를 먹곤 했다. 갑자기 나는 신비스러운 방향감각을 갖게 되었다. 나는 곧장 앞으로 걸어갔다. 시간이 좀 지나서야 독퇴르 루 거리, 뒤토 거리라는 길 이름을 알아보았다. 그 길이 아틀리에로 가는 가장 빠른 지름길이라는 확신이 들었다. 잠시 후 알르레 광장이라는 조용한 광장에 도착했는데, 너무 조용해서 조그만 지방도시를 연상케 했다. 카페에 불이 켜져 있었다. 나는 카페로 들어갔다. 마티니 한 잔을 주문했다. 왜 마티니라는 이름이 생각났는지 모르겠다, 어린 시절의 추억같이.

*

그날 저녁부터 나는 지하철을 탈 엄두가 나지 않았다. 러시아워를 피하려면 오후 일찍 아틀리에를 떠나야 했다. 하지만 몽파르나스 역에서 갈아타기 위해 긴 통로를 걸어야 한다는 것이 생각났다…… 포르트 드 방브를 지나는 유일한 버스는 센 강 좌안(左岸)으로 다녔고, 내가 피하고 싶은 렌 가와 보지라르 가를 따라 달렸다.

　나는 다음날 오후 일찍 알르레 광장의 카페로 다시 갔다. 파리 시내에서 오랜 시간 지하철을 탈 필요가 없었다. 조그만 마을에 사는 것처럼 아틀리에 근처에 머물면서 걸어다니는 것이 더 나았다.

　다시 며칠 동안 파란 하늘과 겨울 햇살을 볼 수 있었다. 나는 테라스에 있는 테이블에 앉았다. 카페 안쪽에서 전자 당구 소리가 들렸다. 매번 어떤 사람이 두시부터 두시 반까지 당구를 쳤는데, 갈색 머리에 하얀 가운을 입은 남자로, 근처 병원에서 일하는 사람이었다. 그는 정확히 두시 반에 카페를 나와 병원까지 걸어갔다. 그 정확함이 나를 안심시켰다. 주인의 복서* 종 개는 세시경 카페 입구의 보도에 나와 엎드렸다. 거의 같은 시각에 맞은편에 있는 인쇄소의 대문이 카페 앞에 정차하는 소형 트럭을 향해 열렸다. 비교적 젊은 사람 둘이 소형 트럭에서 내려 카페 카운터로 와 한잔씩 했다. 그중 한 사람은 주크박스에 동전을 넣고 언제나 같은 노래를 들었다. 〈A Whiter Shade of Pale〉. 그 음악은 내게 런던을 떠올렸다. 그런 다음 두 사람은 카페를 나섰다. 둘 중 젊은 사람이 언제나 머리를 가볍게 숙이며 내게 미소지었다. 소형 트럭은 알르레 가의 모퉁이로 사라졌다. 잠시 후에 개는 몸을 일으

---

* 체중 25~32킬로그램의 대형견. 싸울 때 권투선수처럼 앞발로 때리는 데서 그 이름이 유래했다.

켜 카페 안으로 들어갔다. 그러고는 오후가 다 가도록 아무도 오지 않았다.

그런 오후가 끝나가던 어느 날, 나는 왜 아침 일찍 말발굽 소리가 들리는지 알게 되었다. 나는 알르레 광장의 카페를 나와 여태껏 가본 적이 없는 브랑시옹 가를 통해 아틀리에로 돌아왔다. 그 길이 가장 빠른 지름길이었지만 평소 나는 카스타냐리 가로 다녔다. 처음 며칠 동안 나는 이 동네에서 걷는 일 없이 단지 지하철을 타러 가기 위해서만 걸어다녔다.

그날 오후 늦게 나는 브랑시옹 가에 있는 보지라르 말 도살장 앞을 지나갔다. 쇠창살 대문 위에 그렇게 씌어 있었다. 나는 맞은 편 보도 위를 걷고 있었다. 여러 카페들이 연이어 있었다. 그중 한 카페의 문이 활짝 열려 있었다. 바닥에 톱밥이 깔려 있고, 톱밥에는 피가 묻어 있었다. 카운터에서는 얼굴이 붉고 덩치가 큰 세 사람이 목소리를 낮춰 이야기를 하고 있었다. 그중 한 사람이 윗도리에서 커다란 지갑을 꺼냈다. 그 지갑 속에는 지폐가 잔뜩 들어 있었다. 그는 혀로 엄지손가락을 축여가며 돈을 셌다. 나는 그들이 말을 죽이는 사람들일지도 모른다고 생각했다. 며칠 후 아침 일찍, 나는 말시장이 열리는 길을 지나갔다. 그들만큼이나 덩치가 크고 얼굴이 붉은 사람들이 외투를 걸치고 쇠창살 문 앞에 모여 있었다.

평소 정오까지 늦잠을 자던 나는 점점 더 일찍 잠에서 깼다. 자정 넘어서까지 책을 읽거나 음악을 들었을 때도 마찬가지였다. 어느 날 아침, 나는 보통 때보다 더 일찍 잠이 깼다. 바깥은 아직 캄캄했다. 아틀리에에서 가까운 르페브르 거리에 있는 두 카페 중 하나인 테르미뉘스 카페에서 아침을 먹기 위해 밖으로 나갔다. 거기서 나는 처음으로 말들이 줄지어 가는 것을 보았다. 캄캄한 밤중에 인적이 끊긴 르페브르 거리에 말들이 줄지어 가는 것을 본 것이다. 내가 잠이 약간 깨었을 때 들었던 것과 똑같은 속도의 똑같은 말발굽 소리였다. 열 마리 정도밖에 되지 않았다. 이번에는 그들을 자세히 보았다. 맨 앞에서 한 남자가 말고삐를 끌고 있었다. 그를 본 적이 있는 것 같았다. 지하철역이었나? 나는 그 남자가 카마르그 지방의 들소지기들이 입는 하얀 바지와 가죽 점퍼를 입고 목도리를 두른 것을 본 적이 있었다. 그는 키가 크고, 머리칼이 검고 얼굴에는 주름이 많았다. 그는 말고삐를 당기며 계속 걷고 있었다. 그들은 카페 앞을 지나 브랑시옹 가로 접어들었다. 그러자 더이상 보이지 않게 되었지만 말발굽 소리는 계속해서 들렸다. 나는 그 소리가 들리지 않을 때까지 가만히 서 있었다.

카운터 뒤에 있던 카페 주인이 나를 쳐다보고 있었다. 그는 내게 그날 아침에는 말들이 많지 않았으며 그것들이 뇌이이에서 대로를 통해 오는 거라고 말해주었다. 그는 말들의 모양새를 보면 알 수 있다고 했다. 처분해야 하는 승마 연습장 말들이었다. 그는 가끔 있는 일이라고 덧붙였다. 부자 동네에서 부자들과 지내던 말들.

"걱정 마세요…… 도살장 남자들은 우리 카페에 오지 않아요. 그들은 저 위쪽에 가서 요기를 해요."

그는 명확하지 않은 몸짓으로 말들이 간 브랑시옹 가를 가리켰다.

그후로 나는 브랑시옹 가를 피해 다녔다. 그날 아침에는 그 동네에 더이상 있을 수 없다는 생각이 들었다. 하지만 어디로 갈 것인가? 방을 얻을 돈이 없었다. 그렇다고 런던으로 돌아가기도 싫었다. 여기서 멀리 떨어진 다른 동네에 살더라도 달라지는 것이라곤 없었다. 내 머릿속엔 한밤중에 줄을 지어 가다가 길모퉁이를 돌아가는 말들, 검은 말의 고삐를 끄는 카마르그 식 들소지기 바지를 입은 남자가 항상 남아 있을 것이다. 그 검은 말은 앞으로 나아가지 않으려고 고집을 부렸는데, 아마 도망칠 수만 있었다면 그랬을 것이다.

*

나는 다시 지하철을 타보려고 시도했다. 그러나 몽파르나스 역에서 자신이 없어졌다. 그래서 알르레 광장의 카페까지 걸어왔다. 센 강 우안 방향으로 가기 위한 버스를 어디서 타야 하는지를 알아봤어야 했다. 그러나 나는 며칠을 그냥 보냈다. 결국 먼 거리를 다닐 수 없다는 것을 스스로 인정하고 말았다. 아틀리에에서 멀어지면 길을 되짚어올 수 있는 표적을 잃고 음울한 회색에 휩싸여 내가 사는 곳을 잃어버리게 될까봐 겁이 났다. 종종 꿈속에서 어떤 길을 걷고 있었는데—그 길이 런던에 있는 것인지 파리에 있는 것인지는 분간할 수 없었다—집으로 돌아가는 길을 찾지 못했고 내가 어디 사는지도 알 수 없었다. 나는 아틀리에 근처에서 르 베르사유라는 영화관을 발견했다. 보지라르 가 끝이었다. 지름길은 르페브르 거리를 따라가는 것이었다. 그렇게 하면 도살장을 피해 갈 수 있었다. 나는 거의 매일 저녁 아홉시경에 그 영화관에 갔다. 같은 영화를 여러 번 보기도 했다. 언제나 맨 마지막 줄에 있는 의자에 앉았는데, 편안했기 때문이었다. 나는 영화관이 도살장과 같은 동네에 있다는 사실을 잊어버리게 되었다. 런던에서 만난 오스트리아인은 왜 자기 아틀리에가 그런 동네에 있다는 것을 이야기하지 않았을까? 만일 내가 그것을 알았더라면 그의 제안을 받아들이지 않았을 것이다. 하지만 이제는 너무 늦었다.

영화가 끝난 후 나는 갔던 길을 되짚어 아틀리에로 돌아왔다.

맞은편 보도에 있는 건물들의 창문에는 불이 모두 꺼져 있었고 이 층에 있는 창문 하나에만 불이 켜져 있었다. 그 창문에는 항상 불이 켜져 있었다. 아마 누군가 책을 읽거나 누구를 기다리고 있었을 것이다. 후자의 경우, 그 사람은 나와 이야기를 나눌 수도 있었을 것이다. 나는 그제야 혼자 살지 않는 것이 좋다는 생각이 들었고 말발굽 소리에 잠이 깨는 것이 무서웠다. 불이 켜져 있는 저 창문에서는 말발굽 소리가 훨씬 더 잘 들리고 말들이 지나가는 것도 볼 수 있을 것이다. 수년 전부터 거기 사는 사람과 대로 쪽으로 창문이 난 방에 사는 모든 사람들이 나처럼 새벽에 말들이 지나가는 것을 보았을 것이다. 나는 그 사람들이 느끼는 바를 듣고 싶었다. 이 도시에 사는 수백만 명의 사람 중에서 몇 사람만이 그것을 알고 있는 것이다.

나는 브랑시옹 가까지 왔다. 거리는 인적이 없고 조용했다. 그 시간엔 카페도 닫혀 있었다. 테르미뉘스 카페 주인이 이야기해준 것이 생각났다. 그의 표현대로 "죽이는 사람들"은 일을 마친 후 도살장 맞은편에 있는 카페에서 요기를 하는데, 일전에 내가 피 묻은 톱밥을 본 곳이다. 지갑을 갖고 있던 사람들은 마상(馬商)이거나 말고기 장수들이었다. "죽이는 사람들"이 말 한 마리를 죽이는 데는 십 분도 채 걸리지 않는다고 한다. 다른 사람들은 월요일과 목요일에 말을 사거나 팔러 오는 것이다. 그들은 언제나 현금으로 거래하는데, 현금을 지갑에만 넣는 것이 아니라 신발 상자에 넣기도 하고, 점심 식사중에 식탁의 냅킨으로 돈다발을 싸기도 한다고 했다. 그 모든 일이 신발에 엉겨 있거나 앞치마에 묻어 있는 피 냄새 속에서 이루어졌다. 말들은 뇌이이에서만 오는 것이 아니라 트럭이나 기차로도 도착했는데, 아침에 나는 말발굽 소리는 그 동네에 있는 마사(馬舍)에서 말을 꺼내는 소리이기도 했다. 말들을 기다리는 마사는 그 동네와 인근 여러 곳에 있었다. 말의 이동은 새벽 네시경부터 시작되었다. 트럭, 화물 기차, 카페 테이블에서 주고받는 돈다발…… 다리에 꼭 끼는 하얀 바지와 가죽 점퍼를 입은 남자는 작년부터 이 동네에 나타났다. 사람들이 그에게 일의 대가로 얼마간의 돈을 주었다. 그가 어디서 왔는지는 알 수 없었다. 아마도 카마르그에서 왔으리라. 사람들은 그를 '말지기'라고 불렀다. 테르미뉘스 카페의 주인이 이 모든 것을 부드럽고도 낮은 목소리로 이야기해주었는데, 그 애처로운 목소리는 그의 입에서 미지근한 물줄기처럼 흘러나왔다. 그는 내가 자기 앞에 있다는 사실을 잊어버리고 혼자 중얼거리는 것 같았다. 내가 자리에서 일어서서 나갈 때도 계속 중얼거리며 자세한 것까지 이야기했는데, 나는 더이상 듣고 있을 수가 없었다. 나는 바람을 쐬고 싶었다. 아무런 설명도 없이 자기 아틀리에 열쇠를 나에게 맡기고 떠난 그 오스트리아인처럼 파리를 떠나 파란 바닷

가에 가고 싶었다.

나는 책을 읽거나 디스크를 들으면서 아틀리에에서 점점 더 많은 시간을 보냈다. 내가 파리의 외곽 동네에 흘러들어온 것은 우연이 아니라는 생각이 들었다. 나는 경계선 부근에 왔고, 중간 기착지처럼 어딘가로 다시 떠나기 위해 임시로 이곳에 거처하고 있지만, 조만간 그 경계를 넘어 새 인생을 알게 될 거라는 생각이 들었다. 책장에 꽂힌 책들도 모두 떠남에 대한 것이었다. 오스트리아인에게 이 아틀리에는 여행과 여행 사이에 잠시 머무르는 장소에 불과했기에 이 동네에서 일어나는 일에 대해 그가 알 만한 시간도 없었으리라…… 물론 나도 새벽에 말발굽 소리만 듣지 않았더라면 이곳을 나의 진정한 휴식처로 느꼈을 것이다. 마당에 있는 정자의 계단에는 진흙을 구워 만든 흉상─여자의 흉상─과 조각을 하다 만 큰 돌덩이가 잊혀진 채 서 있었다. 조각가가 그곳에 살았을지도 모른다. 마당 가운데 나무 한 그루. 봄날 침대에 누웠을 때 유리문 너머로 나뭇잎들이 흔들리는 것이 보였다.

나는 알르레 광장까지 산책하는 매일 오후가 기다려졌다. 내가 드물게 편안함을 느끼는 순간으로, 보지라르 가의 영화관에서 보내는 저녁 시간과 비슷했다. 카페에서는 모든 일이 시계처럼 정확하게 일어났다. 전자 당구 소리, 정확히 두시 반에 광장을 지나 병원으로 가는 흰 가운을 입은 남자, 카페 입구의 보도에 엎드린

개, 소형 트럭, 카운터에서 한잔 마시는 두 남자 그리고 미소지으며 떠나는 그중 한 남자. 나 역시 다른 사람들처럼 이 카페에서 나름대로의 입지가 있다는 증거였다.

그리고 트럭에서 내린 두 사람 중 한 명이 주크박스에서 〈A Whiter Shade of Pale〉을 틀었다. 나에게 그 노래를 들려주는 듯했다. 나도 처음에는 별 생각 없이 그 노래를 들었다. 전자 당구 소리를 배경 삼아 듣는 그 노래는 나의 외로움을 달래주었다. 그것은 내가 런던에서 바커스로 출근하기 위해 래드브로크 숲을 지나가던 이른 아침을 연상시켰다. 바커스에서의 일은 힘들었지만 그 아침들의 기억은 나머지 일과랑 아무 상관이 없는 것처럼 느껴졌다. 겨울이라 캄캄하긴 했지만 그 아침은 일종의 휴전이며 약속이었다. 봄이 시작되면 나무들은 분홍색과 흰색의 꽃을 피웠다. 그 아침 시간에는 바커스와 그곳에서 하루 종일 일어날 일들을 잊을 수 있었다. 무언가 새로운 일이 일어날 것 같은 기분이 드는 것은 캄캄하든 햇빛이 비치든 상관없이 래드브로크 숲을 걷는 그 아침 시간밖에 없었다.

그 음악은 르네와 내가 개를 데리고 산책했던 오후를 떠올렸다. 르네가 떠나기 며칠 전. 포토벨로 시장이 서는 토요일. 나는 바커스에 휴가를 냈다. 휴가중이었지만 별 소용이 없었다. 르네가 떠나려 하고 있었다. 나는 르네 없이 보내야 할 길고도 공허한 나날

에 겁이 났다. 해가 나온 토요일. 그전에 학교였던 건물 근처, 포토
벨로 거리가 시작되는 곳에 덩치 큰 남자가 롤라이플렉스 사진기
를 들고 길 한가운데 서 있었다. 거리의 사진사였다. 사람들이 많
지 않았기 때문에 우리는 그의 눈에 띄었다. 그리고 우리 둘과 개
의 사진을 찍었다. 그는 번호가 적힌 종이쪽지를 나에게 건네주고
는, 사진을 찾길 원하면 다음주에 자기 가게로 오라고 했다.

우리는 헌 책방으로 바뀐 학교로 들어갔다. 르네는 책 몇 권을
골랐고 우리는 토요일의 인파 속에서 포토벨로 거리를 걸었다.

그 다음주 토요일, 르네는 떠나고 없었다. 금요일 오후 늦게 사
진을 찾으러 갈 작정이었다. 해머스미스에 있는 가게까지는 꽤
멀었다. 지하철을 탔다. 종이쪽지를 잃어버리지 않기 위해 봉투
에 넣었다. 그것은 르네와 내가 함께 찍은 유일한 사진이 될 것이
었다. 인생의 매순간을 사진 찍어 앨범에 꽂아 보여주는 사람들
이 있다. 다행히 그들은 증인이 될 사진기를 늘 수중에 지니고 있
다. 르네와 나는 그럴 생각을 해본 적이 없었다. 우리는 그날그날
살아가는 데 만족했다.

지하철역에서 내려 가게까지 가기 위해 킹 스트리트를 한참 걸
어야 했다. 가게문을 닫지 않았을지 걱정이 됐다. 다행히 닫지 않
았다. 손님들이 줄줄이 왔는데, 카운터에 있는 갈색 머리의 두 남
자는 손님들에게 사진을 건네주거나 현상할 필름을 받았다. 내

차례가 되었다. 나는 종이쪽지를 두 남자 중 한 사람에게 주었다. 그는 그것을 건성으로 보고는 손에 쥔 채 다른 손님을 맞았다. 나는 내 사진을 달라고 했다. 그가 퉁명스럽게 말했다.

"나는 그런 사진을 취급하지 않아요. 기다리세요."

나는 거기 서서 기다렸다. 다른 손님들이 가게에 들어와 카운터로 가서 종이쪽지와 사진을 교환했다. 갈색 머리 남자는 이제 내 종이쪽지를 손에 쥐고 있지 않았다. 나는 가게를 닫는 시간까지 구석자리에 앉아서 기다릴 수도 있었다. 그러나 카운터 옆에 서서 기다리기로 했다. 그렇게 하지 않으면 많은 손님들 틈에서 나를 잊어버릴 것 같았다. 나는 다시 한번 갈색 머리의 주의를 끌려고 했지만 그는 모르는 척 나의 시선을 피했다. 나는 그가 내 종이를 어디에 두었는지 걱정스러웠다. 카운터 옆에 서서 그에게서 눈을 떼지 않으며 가능한 한 가까이 있으려고 노력했다. 갈색 머리는 서른 살 정도로 꽤 거만해 보였다. 그는 무게를 잡으며 차가운 어조로 '나는 그런 사진은 취급하지 않는다'고 말했다. 나는 카운터에 손님이 없는 틈을 이용해서 다시 한번 내 사진을 달라고 했다. 그는 아무렇지도 않은 듯한 동작으로 윗주머니에서 종이쪽지를 꺼냈다. 내가 아무 말도 안 했더라면 그는 그 종이를 가지고 있다가 나중에 찢어버렸을 것이다. 그는 종이에 적힌 번호를 다시 한번 건성으로 보았다. 그는 돌아서서 봉투들이 빽빽이 담긴 상자를 뒤졌다. 익숙한 동작으로 봉투를 하나씩 넘기면서 끝까지 봤다. 동작이 너무 빨랐다. 봉투에 적힌 번호를 쳐다보는 것 같지도 않았다. 이윽고 그는 나를 향해 돌아섰다.

"그런 번호는 없어요."

그는 차가운 미소를 지으며 종이쪽지를 나에게 건넸다. 나는 그에게 확실하냐, 다시 확인할 수 없느냐고 물었다.

"아니오. 이 번호에 해당되는 건 없어요."

그러나 나는 사진이 어느 봉투엔가 들어 있다는 확신이 들었다. 나는 다시 용기를 내어 말했다.

"내가 확인할 수 없을까요?"

"그 번호에 해당되는 봉투는 없다고 말했잖아요."

그의 목소리는 더욱 퉁명스러워졌고 눈길도 차가워져서 이젠 나를 쳐다보는 것 같지도 않았다. 아마도 나를 쳐다볼 가치도 없다고 생각하는 듯했다. 더이상 기대할 것이 없다는 생각이 들었다.

길에 나와서 종이쪽지를 다시 들여다봤다. 0032. 보통 때라면 방금 일어난 일에 별 의미를 두지 않았을 것이었다. 사형선고처럼 내 머릿속을 울리는 그의 목소리에도. 르네와 함께 왔더라면 사진을 받아냈을 것이었다. 그자도 더 공손하게 말했으리라. 나는 가게로 돌아가 이렇게 말하고 싶었다. "사진을 주지 않으면 내 남자친구가 널 두들겨패줄 거야." 그러나 화가 누그러들자 다 부질없다는 생각이 들었다. 르네는 떠났다. 내가 르네를 다시 볼 가능성은 거의 없었다. 우리가 함께 보냈던 순간들이 모두 허공으로 날아갔다. 누군가 르네와 나, 개를 포함한 우리 존재의 마지막 자취를, 우리 셋이 함께 있는 유일한 사진을 없애버렸다.

나는 킹 스트리트를 계속 걸었다. 모든 자신감을 상실했다. 보도가 내 발 밑에서 꺼져버리고 나는 파도가 심하게 치는 바다에 떠 있는 배의 갑판에 서 있는 것처럼 흔들렸다. 금속성의 목소리와 거만한 눈초리를 한 그 갈색 머리 작자가 르네, 나, 개, 우리 모두를 갑판 너머로 던져버렸다. 나는 며칠 밤 계속해서 그런 꿈을 꾸고 한밤중에 소스라치며 잠에서 깼다. 내가 익사하지 않았고 정상적으로 숨을 쉰다는 것을 확인하는 데는 얼마간의 시간이 걸렸다. 카운터 뒤에 있던 그 남자가 다시 보였다. 가게로 가서 그 사진이 필요하다는 것을 차분히 설명하고, 사진을 주면 사진값의 세 배를 지불하겠다고 말하면 되지 않을까? 그러나 그럴 필요가 없다는 결론을 내렸다. 정말 기대할 것이 아무것도 없었다. 나의 첫 느낌이 확실하다. 그자는 여자를 싫어한다. 나는 그의 눈길, 금속성의 목소리, 불안한 입술의 움직임에서 그것을 느꼈다. 르네가 그런 남자들에게 여자는 존재하지 않는다고 말한 적이 있다. 그런 남자들은 여자와의 사랑을 싫어한다고. 그러나 남자와 사랑할 용기 또한 없다. 왜? 르네는 그들은 그냥 사랑하지 않고 지낸다고 말했다. 바로 그들이 전쟁을 일으키는 원흉이다. 르네에 따르면 히틀러가 그랬다고 한다. 로베스피에르도 그랬다. 르네는 그것을 주제로 책을 쓰고 싶어했다. 자료와 사진도 수집했다. 그 사진 속의 얼굴들은 돌을 조각한 것처럼 냉혹한 표정을 짓고 있었는데, 르네는 그들을 "수도승 같은 군인들"이라고 불렀다. 그 사진에는 매끈한 상체를 벗어 보이며 행진하는 금발 남자들, 수염이 나지 않은 뚱뚱한 남자, 또는 머리를 빡빡 밀어버린 남자들이 있었다. 한 사진에서는 이들이 가게의 진열창을 깨고 사람들에게 유리 조각을 줍고 보도를 청소하도록 시키는 모습이 있었다. 그들의 우두머리는 가죽 반바지를 입은, 배가 나오고 부드러우면서도 엄격한 표정을 한 중년 남자였다. 그는 불쌍한 사람들이 무릎을 꿇고 보도를 청소하는 것을 보며 미소짓고 있었다. 르네는 나에게 그 뚱뚱한 자는 동정(童貞)이라고 말했다. 그자는 평생 동안 사랑 한 번 못 해보고 가죽 냄새를 맡으며 차갑게 식은 재 속에서 늙어 죽었다고 했다.

나는 그 갈색 머리가 우리 사진을 어떻게 했을지 궁금했다. 그자가 그 사진을 찢어버렸을 거라는 생각이 들었다. 그러지 않았다면 사람들이 찾으러 오지 않은 사진이나 번호에 해당되는 사진이 없다는 핑계를 대며 돌려주지 않은 사진들 속에 내팽개쳐두었을 것이다. 근본적으로 그것은 악의가 아니라 권태로움이나 무관심에 더 가까우리라. 카운터 뒤에서 그자가 하는 일은 내가 바커스에서 하던 일만큼이나 무료한 것이었다. 하필이면 내가 걸려들었다. 재수가 없었던 것이다. 다른 사람이 걸려들 수도 있었는데, 0032는 재수 없는 번호였다.

나는 킹 스트리트에서 되돌아왔다. 지하철역까지 걸었는데 그때까지도 보도가 흔들리는 것처럼 느껴졌다. 그날 저녁부터 나의 모든 것이 변했다. 그때까지 자신감에 차 있고 아무 문제가 없었던 내 인생에 갑자기 금이 갔다.

며칠 후 우리가 사진을 찍었던 포토벨로를 지나가면서 그것을 깨달았다. 그 사진을 찍은 날은 평소와 다름없는 토요일이었고, 개는 보통 때처럼 우리 둘 사이에 가고 있었다. 사진의 왼편에는 르네가 헌책을 산 옛 학교의 입구가 보일 것이다. 배경에는 아마도 지나가는 사람들, 그리고 쳅스토우 빌라가 있는 길과 골동품 가게들 쪽으로 내려가는 길이 만나는 지점도 보일 것이다. 그 사진은 르네와 나, 개가 런던의 어느 토요일 오후에 그 길을 가고 있었다는 증거가 되었으리라.

그일 이후 처음으로 거기 다시 갔던 토요일, 그곳에는 더 많은 사람들이 있었다. 사진사는 없었다. 만나서 해명을 요구하고 사진을 찾아보려고 다시 갔던 그후의 토요일에도 사진사는 없었다. 그때 나는 갑자기 자신감을 잃어버렸다. 내가 그 장소에 간 적이 없다는 느낌이 들었다. 나는 자신감에 찬 걸음으로 걷고 있는 다른 사람들이 부러웠다. 그들은 보도가 꺼지는 위험을 알지 못할 것이다. 르네와 내가 산책할 때, 이 거리와 광장은 너무도 친밀해서 마치 우리 자신의 일부처럼 느껴졌다. 그러나 지금은 그 친밀감이 사라지고 마치 죽은 망자가 되어 찾아온 것처럼 이 장소에서 나는 유야무야한 존재가 되어 있었다. 처음에 나는 내 방을 나설 엄두가 나지 않았다. 얼마가 지나자 보도가 흔들리고 현기증이 나는 증세가 가라앉고, 그해 여름이 되자 불안감이 없어지고 어느 정도 안정감을 되찾았다. 저녁이면 나는 우리가 자주 가던 홀란드 공원 주변 거리를 오랫동안 산책했다. 그러나 내가 르네와 개를 알던 것은 다른 세상에서였다. 이 거리와 광장을 아무리 다시 걸어도, 포토벨로의 토요일 인파에 섞여도 나는 더이상 그곳에 사는 것이 아니었다.

*

그때부터 나는 오전 열한시쯤 알르레 광장의 카페에 갔다. 도살장이 있는 거리를 피하기 위해 한참을 둘러 갔다. 그즈음이면 그 사람들은 신발과 앞치마에 피를 묻힌 채 간식을 먹고 있을 시간이었다. 아침에 알르레 광장의 카페에서 만나는 사람들은 오후 손님들과는 달랐다. 점심시간 전까지 카페에는 시험지를 채점하고 있는 남자 한 사람과 나밖에 없었다. 다른 사람들은 그후에 왔다. 근처에 있는 회사에서 일하는 사람들이었다. 주인은 그 사람들을 '전화회사 사람들'이라고 불렀다. 식탁이 모자라서 자리를 비켜줘야 했다. 그들은 큰 소리로 떠들었다. 바커스에서 일할 때 동료들과 함께 식사하던 기억을 떠올릴 수가 없었다. 내 옆의 판매대를 맡고 있던 금발 머리 여자와 가까워져서 같이 영화를 보러 가곤 했다.

어느 날 아침 '전화회사 사람들'이 몰려오기 전 나는 채점하는 남자와 가장 가까운 테이블에 앉았다. 그는 나를 향해 고개를 들었다. 균형 잡힌 용모에 눈이 쑥 들어가고 머리를 아주 짧게 잘랐는데, 대머리가 시작되고 있었다. 그는 나에게 대학생이냐고 물었다. 파리에 도착한 이후 아무도 나에게 말을 건 적이 없었다. 그의 진솔한 눈빛과 굵은 목소리가 신뢰감을 주었고, 다른 속셈이 없어 보였다. 나는 학생이 아니라고 대답했다. 그는 파리 근교에 있는 중학교에서 철학을 가르친다고 했다. 그 중학교에 가기 위해 일주일에 세 번 포르트 드 방브에서 시외버스를 탄다고 했다. 저녁에는 기차를 타고 와서 몽파르나스 역에서 내린다고 했다. 학생들의 답안지가 너무 형편없어서 자기 집보다는 카페에서 채점하는 것을 더 좋아하지만, 그들을 원망하지는 않는다고 했다. 학생들이란 그럴 수도 있지 않느냐고 했다. 그는 내가 학교를 다 녔는지 물었다.

지난 몇 주 동안 너무 혼자서만 지냈기 때문에, 나는 나 자신의 이야기를 털어놓기보다는 누군가와 대화를 나누고 싶었다. 그런 데 그 남자는 다른 사람이 하는 이야기를 잘 들어줄 것처럼 보였 다. 아마도 선생이라는 직업을 가졌기 때문이리라. 나는 런던에 서 왔고, 한 친구가 여기서 멀지 않은 곳에 방을 빌려줬고 이 동네 에서 약간 고립되어 있다고 말했다. 정말 이상한 동네에서.

그는 정신을 집중해서 내 머릿속을 읽으려는 듯 나에게 시선을 고정시키고 열심히 내 말을 들었다. 신부나 의사의 시선 같았다.

"그래요, 당신 말이 맞아요. 이상한 동네죠……"

내 시선이 그의 앞에 놓인 시험지에 가 닿았다. 많은 문장들에 빨간 볼펜으로 밑줄이 그어져 있거나 물음표가 그려져 있었다.

"난 이 동네에서 아주 오래 전부터 살았어요…… 어머니께서 사시던 아파트에 아직도 살고 있어요. 르페브르 거리에 있는 데…… 성당 쪽이죠."

영화관에서 돌아오는 길에 나는 그 성당 앞을 지난 적이 있었 다. 현대적인 성당인 듯했는데 어두워서 콘크리트 건물인지 벽돌 건물인지 구분할 수 없었다. 매일 밤 불이 켜져 있던 방은 아마도 그의 방인 것 같았다.

"그 성당 이름은 생탕투안 드 파두예요. 다른 이름으로는 부를 수 없어요."

그가 나에게 진지한 눈길을 계속 보냈기 때문에 나는 눈을 내리깔고 그가 채점하던 시험지를 바라볼 수밖에 없었다. 나는 시험지의 여백에 빨간 볼펜으로 '생탕투안 드 파두 성당, 다른 이름으로 부를 수 없음'이라고 씌어 있는 모습을 상상했다.

"앙투안 드 파두 성인에게 무엇을 구하러 오는 줄 아세요? 잃어버린 물건이에요."

그는 내가 무언가를 잃어버린 것을 눈치챈 듯 나에게 미소지었다. 나는 미신을 믿은 적이 없지만, 런던에서부터 진작 앙투안 드 파두 성인에 대해 알았고, 런던에 그런 이름의 성당이 있었다면 그에게 사진을 돌려달라고 가서 기도했을 것이다.

"이 근처 모리용 가에 잃어버린 물건을 모아놓는 기관이 있어요. 그리고 견인 차량 보관소가 단치히 거리에 있어요…… 여기는 사람들이 무엇을 찾으러 오는 동네예요."

그는 파리의 관광 안내원 같은 목소리가 아닌 철학 선생 같은 목소리로 내게 설명했다. 그의 굵은 목소리가 나를 안심시켰다. 나는 그에게 말[馬]에 대해 이야기하고 싶었다. 그러나 적당한 단어를 찾지 못했다. 말하기가 겁났다.

"그리고 여기서 말을 취급한 것도 백 년이나 돼요……"

여전히 잔잔한 목소리. 그는 당연한 일이라는 듯 미소까지 지었다. 말을 취급한다니.

"어릴 때 나는 바로 옆에 있는 초등학교에 다녔어요…… 그리고 뷔퐁 고등학교에 다녔죠. 항상 이 동네에서 살았어요."

백 년 전부터라고 그가 말했다. 그렇다면 수십만 마리의 말들이 대로와 브랑시옹 가를 지나갔다는 얘기다.

"아주 창백하시군요…… 뭘 좀 마시겠어요?"

그의 눈길이 좀더 너그러워졌다. 마치 내 시험지가 다른 시험지들과 함께 테이블 위에 있고 그가 그 위에 빨간 볼펜으로 '좀더 잘할 수 있음'이라고 쓴 것처럼.

나는 괜찮다고 말했다. 지난밤 잠을 좀 잘 못 자서 그렇다고 했다.

"낮에는 뭘 하세요?"

그의 시선 아래서 나는 오후 수업을 빠지고 영화관에 간 학생이 되었다. 부모가 허락했음을 증명하는 편지가 없는 학생처럼 되었다. 나는 거짓말을 해야 했고, 특히 단호한 목소리로 말해야 했다.

"일자리를 구해야 돼서 걱정이 좀 있어요."

"내가 당신에게 일거리를 줄 수 있어요. 타자를 칠 줄 아세요?"

런던에 가서 바커스에서 일하기 전에 포르트 드 뱅센 쪽에 있는 학교에서 타자를 배웠다. 그때까지는 엄마와 함께 살고 있었다.

나는 그에게 타자를 칠 줄 알 뿐만 아니라 속기도 할 수 있다고 말했다.

"그러면 텍스트를 드릴게요. 여러 사람들이 조그만 그룹을 이루어 글을 쓰고 있어요."

그는 나의 고해를 들은 신부 같은 미소를 지었다. 마치 내가 지은 죄가 별것 아니라는 듯한.

"당신이 그 글에 흥미를 느낄지도 몰라요. 우리는 그룹으로 가르치는 일을 하고 있어요…… 당신이 흥미를 느낀다면 좋겠어요…… 내 타자기를 빌려드리죠……"

할 일이 생겼으니 이제 아무 목적 없이 공허한 나날을 보내지 않아도 된다는 생각에 갑자기 기운이 났다. 나는 혼자서, 찬찬히, 아틀리에에서, 책 속에 묻혀 타자를 치리라. 타자를 치면서 음악도 들을 수 있을 것이다. 정원 쪽으로 난 유리문을 마주 보고 타자를 칠 것이다.

"내가 만든 팸플릿이에요. 이걸 보면 우리가 무엇을 공부하는지 그리고 당신이 치게 될 내용이 어떤 것인지 알 수 있을 거예요."

그는 자기가 앉은 의자 다리 옆에 놓인 밤색 가죽 가방 속을 뒤졌다. 그러고는 옅은 초록색 표지의 작은 책을 나에게 건넸다. 표지에는 '자아의 부름'이라고 씌어 있고 그 위에 미셸 케루레당이라고 씌어 있었다.

"그래요…… 나예요……"

그는 내가 포르트 드 방브에 있는 시외버스 정류장까지 함께 갔으면 했다. 그날은 수업이 오후에 시작되어 중학교 식당에서 점심 식사를 해야 한다고 말했다. 그는 가방을 들고 내 옆에서 걸었는데, 나는 그가 야위고 키가 큰 데 놀랐다. 또한 그가 입은 단정한 양복과 양말 위에 신고 있는 가죽 샌들이 이루는 대조에 놀랐다. 우리는 다음날 열한시에 카페에서 만나기로 했다. 그는 타자기와 쳐야 할 텍스트를 내게 가져다줄 것이다.

*

아틀리에로 돌아와서 나는 그가 준 팸플릿을 읽으려 했다. 사진 한 장이 끼어 있었다. 그가 자기만큼이나 크고 더 깡마른 사람과 시골에서 찍은 사진이었다. 두 남자는 나란히 서 있었는데, 그는 나무둥치에 몸을 살짝 기대고 있었다. 다른 남자는 책을 펴놓고 큰 소리로 읽고 있는 듯했다. 두 사람 다 이마가 넓고, 엄숙한 표정을 짓고 있었다. 사진의 뒷면에 '미셸—자니. 4~5월, 르쿨롱주' 리고 씌이 있었다. 갑자기 서럽고 원한이 복받쳐왔다. 나에게 의미 있는 유일한 사진은 영원히 사라져버렸는데, 왜 알지도 못하는 두 남자의 사진이 팸플릿 속에서 나오는 것인가?

몇 페이지를 읽다가 중단했다. 나는 철학에 관한 책은 읽어본 적이 없었기 때문에 정신을 집중하기가 어려웠다. 내가 이해한 바로는 그것은 지혜에 이르기 위한 가르침을 다룬 책이었다. 스승은 보드 박사라는 사람이었다. 새로운 장(章)이 시작될 때마다 매번 같은 문장들이 반복됐다. "보드 박사에게 그의 가르침의 의미를 물었을 때……" "보드 박사는 자주 예를 들기를……" 미셸 케루레당은 보드 박사를 직접 알고 있을까? 내가 읽은 몇 페이지 속에서는 그는 명확히 말하지 않고 있었다. 여하튼 미셸 케루레당에 따르면 진리와 지혜는 그 사람의 입에서 나왔고 그의 가르침을 따라야 했다. 나는 그런 태도에 놀랐다. 공립 초등학교와 엘렌 부셰 고등학교를 다닐 때 나는 선생들의 말에 크게 귀기울이지 않았다. 그전에 가톨릭 교리를 공부할 때도 언제나 졸았다. 나는 내가 인생의 의미에 대해 의문을 제기한 적이 없다는 것을 깨닫고 갑자기 부끄러워졌다. 나는 즐거움을 추구하며 하루하루를 살았다. 어린 시절에는 네들렉 제과점에서 피스타치오 아이스크림을 사먹거나, 아찔한 기분을 좋아했기 때문에 놀이공원에서 청룡열차 같은 것을 타는 걸 제일 좋아했다. 커서 르네와 함께 지낼 때도 오전 열한시쯤 해변에 갔고, 오후에는 덧창을 닫은 시원한 방에서 시간을 보냈다. 나는 여름 아침 일찍 다른 사람들이 없을 때 햇빛 비치는 카페의 테라스에 앉아 있는 것을 좋아했다. 나는 탐정 소설과 음악을 좋아했다. 또한 개와 말을 무척 좋아했다. 사실 르네가 떠나기 전, 그리고 그 망할 놈의 사진 사건이 있기 전까지는 별 생각 없이 살았다. 나는 팸플릿을 덮었다. 사진이 침대 위에 놓여 있어 다시 들여다봤다. 케루레당은 마치 선생처럼 말했다. 그는 주의 깊게 나의 말에 귀기울였지만 나라는 존재가 그에게 중요하진 않았다. 단적으로 말해서 그가 '우리의 가르침'이라고 부르는 것을 내가 수용하면 그는 나에게 관심을 보일 것이다. 나는 사진에 있는 다른 남자도 가죽 샌들을 신었는지 보았다. 그들은 이상하게도 닮아 있었다…… 자니라고 하는 그자도 가르침을 따르는 것이 분명했다. 사진 속에 있는 그 두 사람은 성직자처럼 보였다. 케루레당은 턱을 내밀고 나무에 기대어 있었고, 다른 사람은 똑바로 서서 책 속에 얼굴을 묻고 있었다. 아마도 내가 가지고 있는 것과 같은 『자아의 부름』이리라. 나는 그들의 인생에 여자들이 있는지, 아니면 수도승의 방과 같은 곳에 살면서 우정으로 만족하는지 궁금했다. 그들의 가르침 중에 사랑에 대한 부분도 있을까? 『자아의 부름』을 뒤적였지만 사랑이나 행복이라는 단어는 찾지 못했다. 나는 좀더 정신을 집중하여 읽으리라 다짐했지만 그날 오후에는 마음이 내키지 않았다.

*

다음날 아침, 그는 카페에 늦게 나타났다. '전화회사 사람들'이 테이블을 모두 차지하기 직전이었다. 주위의 소음 때문에 의사소통을 하기 위해서는 큰 소리로 말해야 했다. 그는 타자기를 가져왔다. 회색 플라스틱 커버가 달린 휴대용 타자기였다. 그리고 파란 잉크로 쓴 약 삼십 페이지가량의 텍스트도 가져왔는데, 아주 정결한 글씨체였고 고친 자국도 전혀 없었다. 제목은 '자아에 대한 성찰'이었다.

그는 내게 팸플릿을 읽었냐고 물었다. 나는 다 읽지는 못했지만 아주 흥미로웠다고 대답했다. 그는 심각한 눈길로 나를 쳐다보며 내가 더 자세히 이야기하기를 기다렸다. 나는 철학서적을 읽은 적이 없기 때문에 잘 이해하기 위해 한 문장 한 문장을 아주 천천히 읽었다고 얼버무렸다.

"그건 철학이 아니라 좀더 잘 살기 위한 방법을 배우기 위한 가르침이지요…… 몇 가지 규칙이에요…… 조금만 집중하면 명확하다는 것을 알게 될 거예요."

결국 그는 나를 설득할 수 있을지도 모른다. 파리에 온 후 심한 불확실성 속에서 살았기 때문에 나는 누군가 내게 충고를 해주거나 갈 길을 가르쳐주길 바라고 있었다. 그러나 주위가 시끄러워 서로 겨우 말소리를 알아들을 수 있는 카페에서 나를 마주하고 있는 이 사람이 과연 나를 도와줄 수 있을까? '자아에 대한 성찰'이란 무엇인가? 카페를 나온 나는 타자기를 들고 있는 자신을 발견하고는 텍스트를 코트 주머니에 쑤셔넣었다. 그는 손잡이가 없어진 밤색 서류가방을 팔 밑에 끼고 있었다. 우리는 조용하고 인적이 없는 카스타냐리 가를 걸었다. 거리의 양쪽에는 곧 재개발을 할 낮은 집들이 늘어서 있었다. 도살장에 가는 말이 아닌 기병대 말들의 발굽 소리가 아침저녁으로 들리는, 군대가 주둔해 있는 작은 도시에 있는 것처럼 느껴졌다.

"천천히 타자를 치세요. 요는 당신이 우리의 가르침에 익숙해지는 거예요."

그는 다시 내게 미소지었다.

"하지만 대가 없이 당신에게 일을 시키지는 않겠어요……"

그는 저고리 안주머니에서 지갑을 꺼냈다. 브랑시옹 가 마상들의 지갑보다는 얇았다. 그는 두 번 접은 백 프랑짜리 지폐 한 장을 내게 건넸다.

"이건 내 돈이 아니에요. 우리 모임이 열리는 집에 사는 친구가 당신에게 느리는 거예요. 그 진구에게 당신 이야기를 했어요."

생각해보니 굳이 그 돈을 거절할 이유도 없었다.

"타자 치는 것을 끝낸 후에 당신이 우리 모임에 참석하는 게 좋을 듯해요."

모임은 적어도 일주일에 한 번 열린다고 했다. 그가 이야기한 여자의 아파트에서. '자아에 대한 성찰' 을 주제로 한 모임에 참가하는 사람은 예닐곱 명으로, 그가 내게 타자 치도록 한 것이 바로 그 주제의 텍스트였다.

"우리 모임에 참석하시겠어요?"

그의 목소리는 너무나 부드러워서, 그가 나에게 도움을 주고자 한다는 확신이 들었다. 그는 외투 호주머니에서 담배 한 갑을 꺼내서 내게 건넸다. 골루아즈 블루였다.

"피우세요. 기운이 날 거예요."

나는 담배를 피우지 않는다고 거절할 용기가 없었다.

"그래, 우리 모임에 참가할 의향이 있어요?"

그의 말투는 약간 권위적이면서도 친밀했다. 성직자라기보다는 체육선생 같은 말투였다.

나는 그러겠다고 대답했다. 고독을 피하기 위해서라면 못 할 게 없는 법이다.

"반가워요. 다음번에 좀더 자세히 이야기하겠어요."

그는 포르트 드 방브에 가서 시외버스를 타야 했다. 우리는 이

틀 뒤 같은 시간에 카페에서 만나기로 했다. 그는 나에게 손짓을 한 후 버스에 올라탔다. 그때 나는 그가 가죽 샌들을 신은 것이 아니라 끈 달린 검은 구두를 신었음을 보았다.

*

나는 사흘 걸려 그 텍스트를 타자로 치는 일을 끝냈다. 오전에 조금 치고 오후에는 다섯시까지 쳤다. 나는 학원에서 배운 타자 솜씨를 조금도 잃지 않았다. 처음엔 오스트리아 사람이 가지고 있는 하와이의 기타 음악을 들으며 쳤다. 그러나 얼마 후엔 치고 있는 텍스트를 더 잘 이해하기 위해 음악을 듣지 않고 타자만 쳤다. 『자아의 부름』에서 그렇게 집중하지 않았던 문장들이 『자아에 대한 성찰』에도 있었다. 케루레당은 여러 사람들이 이 텍스트를 작업했다고 말했다. 그의 표현에 따르면 그룹 작업이었다. 그러나 파란 잉크로 쓴 정결한 글씨체는 시험지를 채점할 때 본 그의 글씨였다. 나는 천천히 쳤다. 우리는―그 텍스트에 따르면―몽유병 환자처럼 산다고 한다. 우리 삶의 모든 몸짓은 기계적이고, 따라서 아무런 가치가 없다고 한다. 우리는 잠 속에 산다. 우리의 몸짓, 우리의 사고와 감정이 기계적인 것이라면, 우리는 자신을 제한하는 동작을 취할 뿐이라고 한다. 그러므로 이 상태를 벗어나 '자아의 부름'을 실행해야 한다는 것이다. 그러나 한 문장 한 문장을 이해하기 위해 타자 치는 일을 중단해도 '자아의 부름'이 무엇인지 이해하기가 어려웠다. '자아의 부름', '자아에 대한 성찰'로 불리거나 좀더 간단하게 '작업'이라고 하는 것은 그들의 모임에서 행해지는 그 무엇임이 분명했다. 케루레당이 그 모임에 나를 데리고 가는 날 알게 될 것이었다.

첫날 타자를 친 후 다섯시에 아틀리에를 나와서 보지라르 거리를 걷는데, 평소 그 시간이면 느꼈던 불안감이 사라졌다. 콩방시옹 역에서 몽파르나스 역까지 지하철을 타고 갔지만 완벽하게 안정감을 느꼈다. 나는 라탱 가까지 걸었다. 생 미셸 가의 보도 여기저기에 학생들이 모여 있었다. 내가 걸어가는 그 거리의 경사(傾斜)가 갑자기 아무렇지도 않게 느껴졌다. 처음 파리에 와서 말발굽 소리의 의미를 이해하기 전 오후에 산책할 때와 같이 나는 정상적인 상태를 되찾았다. 어둠이 내려 클뤼니 카페의 테라스와 영화관들의 입구에 불이 켜지는 것을 보자 안도감이 느껴졌다.

무슈 르 프랭스 가. 르 조디악이라는 서점이 보였다. 서점 앞에는 '신비술, 마술, 비교(秘教) ― 종교사'라고 씌어 있었다. 나는 서점 안으로 들어갔다. 책들이 저자 이름에 따라 알파벳 순으로 진열되어 있었다. K칸에 케루레당이 내게 준 팸플릿이 보였다.

'자아의 부름'. 이 발견은 나에게 놀라움과 일시적인 안도감을 주었다. 공허한 오후 시간을 보내기 위해 내가 하는 일이 중요한 무엇인가에 기여한다는 기분이 들었다.

*

오전 열시에 내가 알르레 광장에 도착했을 때, 그는 벌써 카페 테이블에 앉아 시험지를 채점하고 있었다. 그는 나를 맞기 위해 일어섰다. 그리고 내게 미소지었다. 오는 길에 나는 큰 봉투를 사서 그 안에 타자 친 종이와 파란 잉크로 쓴 텍스트를 넣어두었다. 그는 타자 친 종이들을 한 장씩 재빨리 살펴보고는 자기 서류가방 속에 넣었다.

"타자 치느라 너무 힘들진 않으셨나요?"

나는 아니라고 대답했다. 오타가 없기를 바랐다. 붉은 잉크로 채점된 시험지들이 테이블 위에 널려 있었다. 나는 그에게 시험지를 채점할 때도 내가 타자 친 텍스트에 자주 나오는 단어들을 쓰느냐고 물었다. 자아의 부름, 수면, 기계적, 몽유병 환자, 그룹, 포즈, 작업, 동작…… 이 모든 단어들은 내게 현기증을 일으켰다.

"우리 작업의 의미를 좀 이해하셨어요?"

그는 겸손하고 예의 바르게 물었다. 내가 아직 그의 '그룹'에서 '작업'할 자격을 갖추지 못했다는 듯이. 고분고분하고 주의 깊은 태도를 보여야 희망을 가질 수 있었다.

그는 아무 말 없이 내 눈을 직시했다. 다른 사람이 나를 그렇게 뚫어지게 보았다면 불편했을 것이다. 그러나 케루레당은 여자의 손을 잡거나 키스하려고 시도할 타입이 아니었다. 그는 살면서 여자를 사랑한 적이 있었을까?

"내일 오후 우리 모임에 오실 수 있어요?"

나는 그가 그렇게 빨리 제안해오는 데 놀랐다. 나는 일이 천천히 진행되고, 초심자가 그룹 '작업'에 참가하기 위해서는 필수적으로 '시험 기간'을 거쳐야 한다고 생각했다. 나는 그가 타자 치라고 준 텍스트에서 그것을 읽었다. '시험 기간'이라는 단어가 여러 차례 나왔다.

"우리 모임은 여기서 아주 가까운, 일전에 내가 말한 친구 집에서 열려요. 그 여성이 우리 그룹을 이끌고 있어요. 보드 박사의 친구죠……"

보드 박사의 이름은 내가 타자 친 텍스트의 거의 매문단에 나왔다. 그는 제자들에게 말했다. "당신들은 항상 스스로를 잊어버린다…… 당신들은 스스로를 불러내야 한다…… 당신들은 깨어나야 한다……" 타자를 칠 때 그의 목소리가 들리는 듯했다. 아주 낮은 목소리가. 나는 그 목소리를 상상해봤다. 그는 맑은 눈을 가진 사람이고, 그의 손은 나의 불안감을 쓰다듬어서 안정시킬 거라고 상상했다. 케루레당을 실망시킬까봐 이야기하지 않았지만 나는 감상적이었다. 그리고 사람들이 나를 '양장점 여점원'이라는 별명으로 부를 때마다 그 말이 우아하다고 느꼈다. 나는 그에게 물었다.

"당신은 보드 박사를 아세요?"

"당신이 곧 만나게 될 주느비에브 페로가 올해 초에 나를 그에게 소개해줬어요."

그는 다른 자세한 이야기도 했다. 보드 박사는 파리에 살았지만 지금은 여행을 많이 하고, 캘리포니아의 샌디에이고에 정착해 있다. 그러나 그룹들을 위해 자주 유럽에 온다. 파리, 스위스, 영국. 그는 무언가 중요한 것을 말하려는 것처럼 한동안 내 얼굴을 뚫어지게 쳐다봤다. 그러고는 이렇게 말했다.

"다음달에 보드 박사와의 모임이 있을 거예요…… 주느비에브 집에서…… 혹시 당신을 소개할지도 몰라요…… 두고 봐야죠."

아마도 그는 단번에 보드 박사에게 소개될 수는 없다는 것을 내게 이해시키려는 것 같았다. 나는 시험 기간중이었다. 결과는 다음 날의 모임에서 결정될 것이다. 내게 시험을 보게 할지도 몰랐다.

그는 시험지를 모아서 가방 속에 넣고는 봉투를 하나 꺼냈다.

"주느비에브 페로가 당신에게 전하라는 거예요."

주느비에브 페로가 정기적으로 타자 치는 일에 대해 내게 선불을 지급하는 거라고 했다. 매월 두 개 내지 세 개의 텍스트를 줄 거라고 했다. 타자 친 것은 모임에서 쓰일 것이다. 그것은 내가 이미 그룹의 일원으로 간주되고 있음을 의미했다. 그는 주느비에브 페로에게 나에 대해 호의적으로 말했고, 그녀는 나를 신임할 의향이 있다고 했다. 생계 수단이 없는 그룹의 구성원들에게는 매월 일정 금액을 주는 것이 관례라고 했다. 그래야만 그들이 모임을 위해 헌신적으로 일할 거라는 것이었다.

나는 돈을 받는 것이 정말 거북하다고 말했지만 내 속마음은 이야기하지 않았다. 바커스에서 매월 받은 육백 프랑이 내게 가르쳐준 것은 돈을 거저 주는 사람은 아무도 없다는 것이었다. 주느비에느 페로라는 사람 역시 바커스 사람들만큼이나 요구사항이 많지 않을까?

"받으세요. 주느비에브가 당신을 믿는다는 증표예요."

그제야 나는 봉투를 호주머니 속에 넣고 안도감을 느꼈다. 그들이 나를 책임지고 싶다면…… 나는 지난 몇 달 동안, 르네가 떠난 후 런던에서 그리고 파리에서 너무 외로웠다…… 주느비에브 페로라는 사람을 위해 타자를 치는 것은 바커스에서 하던 일보다 덜 힘들 것도 같았다.

"보드 박사의 책도 가지고 왔어요. 영어로 된 책을 읽을 수 있어요?"

"예."

그는 내게 검은색 하드커버의 책을 건넸다. 'V. Bode, In Search of Light and Shadow'. 뒷면에는 내가 상상했던 것처럼 마흔 살가량의 맑은 눈빛을 가진 갈색 머리의 남자 사진이 있었다.

"이 책은 먼젓번 것 두 권보다 훨씬 쉽게 읽힐 거예요…… 이 책을 먼저 드렸어야 했는데…… 보드 박사가 자신이 어떻게 살아왔는가 하는 인생 역정을 말하고 있어요……"

그는 내게 미소지었다. 나는 파리에 도착한 후 처음으로 안도감을 느꼈다. 몸을 맡기기만 하면 되는 것이다. 나를 정말로 위하고 나를 맡길 수 있는 사람들을 만났다고 생각하기만 하면 되는 것이다. 더이상 구석에 처박혀 불안감에 괴로워하거나 갈팡질팡하지 않아도 되었다. 그들은 나를 편하게 해줄 것이다. 그들이 내가 갈 길을 안내할 것이다. 내가 필요로 하는 것은 바로 그것이었다. 안내자.

그는 나에게 자기 집까지 함께 가자고 제안했다. 그날은 그가 철학 강의를 하기 위해 시외버스를 타는 날이 아니었다. 그러나 숙제를 채점해야 했다. 결근한 교사의 일을 대신 해야 했다. 그는 자기가 일하는 학교는 교사들이 어느 날 갑자기 나타나지 않는 이상한 학교라고 했다. 그래서 다른 선생이 그 일을 대신 하거나 수학, 영어, 지리 수업을 나누어 한다고 했다. 교사 자격증이 없는 선생들이 많지만, 그 점에서 까다로운 학교는 아니라고 했다. 그 자신도 석사학위를 마치지 않았다고 했다. 석사과정 무렵 그는 보드 박사의 가르침을 발견했는데, 그것은 전세계 모든 철학교수들이 딴 자격만큼이나 가치 있는 것이라고 했다.

그는 나에게 고백하는 어조로 말했다. 아마도 그들 모임에 참석하게 되었다는 이유로 나는 그에게 친구나 그와 동등한 존재가 된 것 같았다.

"주느비에브는 내게 중학교 강의를 그만두고 그룹을 위해 풀타임으로 일하라고 권했어요……"

하지만 그는 교사직을 포기하는 게 망설여진다고 했다. 보수도 괜찮고, 그룹 일은 나 같은 젊은이들이 맡는 것이 낫다고 생각한다고 했다. 우리는 르페브르 거리를 천천히 걸었다. 바닷가를 산책하는 것처럼.

"당신 생각은 어때요?"

그가 처음으로 개인적인 질문을 했다. 그러나 나는 개인적인 심정을 고백할 의향이 없었다.

"별 생각 없어요."

"그래요. 보드 박사가 좋아할 대답이군요."

우리는 생탕투안 드 파두 성당 앞까지 왔다. 그는 성당을 둘러싸고 있는 건물들의 한쪽을 가리켰다.

"난 여기 살아요…… 이층에……"

영화관에서 돌아올 때 내가 본 불 켜진 창문인가?

건물 입구에서 그는 손가방을 내려놓고 내게 악수를 청했다.

"가장 좋은 방법은 당신이 내일 일곱시 십분에 베르사유에서 오는 기차가 도착하는 몽파르나스 역으로 나를 만나러 오는 거예요. 그러면 주느비에브 페로 집으로 안내하겠어요. 일곱시 십분이에요."

오후에 아틀리에에서 나는 『In Search of Light and Shadow』를 읽기 시작했다. 그 책이 내게 런던과 르네를 상기시킬까봐 두려웠다. 그러나 페이지를 넘기면서 나는 가벼운 희열감에 사로잡혔다. 보드 박사의 말이 내가 현재를 잘 살 수 있고 내 앞에도 미래가 있음을 확실히 해주는 것처럼.

그 책은 미셸 케루레당의 글이나 내가 타자 친 글보다 훨씬 잘 씌어 있었다. 그 책에서 보드 박사는 내가 이미 읽은 두 권의 책과 타자 친 텍스트에서 본 자아의 부름, 자아성찰, 포즈, 동작이나, '옥타브의 열쇠' 같이 현학적이고 이해할 수 없는 단어는 쓰지 않았다. 그는 다만 자신이 젊은 시절에 느꼈던 회의와 불안감에 대해 이야기했는데, 내가 느끼는 바와 크게 다르지 않았다. 책을 읽는다기보다는 귀 가까이서 속삭이는 친근한 목소리를 듣는 것 같았다. 보드 박사는 런던의 빈민가인 램버스에서 태어났다. 나는 그 동네를 알지 못했다. 워털루 역에 도착하기 직전에 기차 창으로 그 동네의 거리를 본 적이 있을 뿐이었다.

*

오후 일곱시 십분 정각, 나는 미셸 케루레당이 베르사유 발 기차에서 내리는 인파 속에서 사라져버릴까봐 겁이 났다. 그러나 그의 큰 키와 손잡이가 없는 밤색 서류가방을 개나 어린아이를 안듯이 안은 독특한 자세 때문에 결국 그를 찾을 수 있었다.

우리는 함께 지하철을 탔다. 사람들 틈에 끼어 서 있었지만, 나는 전혀 불안감을 느끼지 않았다. 동행하는 사람이 있었고, 어제 밤늦게까지 다 읽은 보드 박사의 책이 내게 큰 안정감을 주었다. 우리는 콩방시옹 역에서 내렸다. 케루레당은 주느비에브 페로가 아주 가까운 곳, 동발 가가 시작되는 곳에 산다고 했다.

그날 이후 나는 자주 주느비에브 페로의 집에 갔는데, 마상들이 모여 있을지도 모르는 도살장을 피하기 위해 점점 더 복잡하게 우회해 갔다. 베르사유 영화관을 지나 나뭇잎이 천장처럼 우거진 가로수들이 늘어선 길을 통해서. 아마도 보지라르 병원의 담장을 끼고 있는 길이었으리라. 그 길에서 보리수 향내를 맡은 기억이 난다. 그후 몇 년 동안, 지금까지도 그 동네를 갈 기회가 없었다. 도살장은 없어졌다. 자동차 보관소는 아직 있을 것이다. 분실물 센터와 생탕투안 드 파두 성당도 있을 것이다. 지금 생각해보면 그 동네는 내가 주느비에브 페로와 보드 박사를 만날 수 있었던 유일한 장소였다. 그 건물의 번지수는 5번지와 7번지였다. 밝고 길쭉한 건물이었으며, 길과 건물 사이에는 조그만 마당과 쇠창살 문이 있었다. 우리는 오른쪽인 7번지 입구로 들어갔다. 케루레당 은 밤색 가방을 두 손으로 쥐고 내 앞에서 계단을 올라갔다. 그후 나는 그 집이 몇 층인지 잊어버렸다. 아마도 맨 꼭대기 층이었던 것 같다. 케루레당은 초인종을 세 번 눌렀다.

주느비에브 페로가 문을 열었다. 갈색 머리칼은 뒤로 틀어올려 져 있었다. 얼굴 표정이 엄격해 보였는데, 입구가 어두워서 그랬 던 것 같다. 우리는 복도 끝까지 가서 왼쪽으로 돌아 다리가 달린 램프로 불을 밝힌 방 안으로 들어갔다. 따뜻한 느낌을 주는 간접 조명이었다. 커튼은 닫혀 있었다. 한 남자가 일어섰다. 큰 키 때문 에 그를 알아봤는데, '4~5월, 르쿨롱주' 라고 뒷면에 씌어 있던 사진 속에 미셸 케루레당과 같이 있던 남자였다. 그는 그 사진에서 책을 펴들고 서 있던 자세와 똑같이 한동안 부동자세로 서 있었다. 잠시 후 그는 미셸 케루레당에게 팔을 들어 인사하며 내가 있는 쪽을 돌아보았다.

"나는 자니라고 해요…… 뵙게 되어 반가워요……"

그는 케루레당보다 더 낮은 목소리를 가지고 있었다. 나는 내 이름을 말하지 않고 악수만 했다. 그는 몸집에 비해 큰 낡은 회색 벨벳 양복을 입고 있었다.

주느비에브 페로는 내게 미소지었다. 그녀는 입구에서 봤을 때보다 더 젊어 보였는데, 단정한 머리 모양과 부드러운 얼굴이 대조를 이루었다. 그녀의 신비롭고 엷은 미소는 그녀의 시선만큼이나 나를 부드럽게 감쌌다. 초록색 눈동자에 붉은 포도주색 원피스를 입고 있었다. 보석도 반지도 끼고 있지 않았다. 체인 팔찌 하나를 손목에 감고 있을 뿐이었다.

"미셸에게서 당신 이야기를 많이 들었어요…… 우리를 위해 일해주셔서 고마워요……"

그녀는 파리 악센트가 섞인 맑은 목소리로 말했다. 미셸 케루레당과 자니는 모직으로 짠 양탄자 위에 가부좌를 틀고 앉았다.

"앉으세요."

그녀는 여전히 미소지으며 말했다.

그리고 양탄자를 가리켰다. 그 방에는 의자라곤 없었다. 닫힌

커튼과 어두운 색조의 책상 사이에 등받이가 가죽으로 된 안락의
자가 하나 놓여 있을 뿐이었다.

그녀도 가부좌를 틀고 앉았는데, 상체를 똑바로 세우고 있었
다. 우리 네 사람은 원을 그리고 앉았다. 마치 내가 규칙을 알지
못하는 어떤 놀이를 시작하려는 것 같았다.

"우리는 책을 읽을 거예요."

주느비에브 페로가 맑은 목소리로 말했다.

"새 친구가 온 것을 축하하기 위해 아주 간단하고 본질적인 것
으로 해요."

미셸 케루레당은 자기 옆에 있는 밤색 가방을 열고 종이 여러
장을 꺼냈다. 그는 그것들을 자니에게 건넸다.

"자네가 먼저 읽게."

자니는 고전 연극 배우나 테너 가수 같은 목소리로 천천히 읽기
시작했다. 나는 그것이 보드 박사 책의 일부라는 것을 알았다. 그
는 열한 살 때쯤 자기가 꾼 꿈에 대해 말하고 있었다. 그때까지는
그도 램버스의 다른 아이들과 마찬가지로 평범한 아이였다. 부모
도 여느 부모들과 비슷했다. 그는 집들의 벽돌 색깔, 창고의 음울
함, 보도에 고인 물 등에 섞여들었다. 그날 밤 그는 낮은 고도로
자신의 동네 위를 나는 꿈을 꾸었다. 그는 보행자들, 개들, 친구들
이 사는 집들, 눈에 익숙한 네거리를 알아볼 수 있었다. 그날은 일

요일 아침으로, 창문에 팔꿈치를 대고 있는 자기 아버지까지 알아볼 수 있었다. 그 주위로는 런던의 다른 동네들, 도로 바닥, 붐비는 인파와 차량들을 끝없이 볼 수 있었다.

자니는 점점 더 천천히 읽었다. 그는 문장 사이사이에서 잠깐씩 쉬어 그 글이 시의 리듬을 갖게 했다. 목소리가 점점 낮아져서 마치 자장가처럼 들렸다. 주느비에브 페로는 상체를 똑바로 세운 채 초록색 눈으로 나를 쳐다보며 신비스런 미소로 나를 감쌌다. 그녀는 손톱을 짧게 깎은 가늘고 긴 손으로 바닥에 깔린 양탄자를 어루만졌다. 케루레당은 머리를 숙이고 팔짱을 끼고 있었다. 자니가 낭독을 끝내자 좌중에는 침묵이 깔렸다. 나머지 두 사람은 그의 목소리의 메아리를 잡으려는 듯했다. 그 목소리를 통해서 보드 박사의 목소리를 잡으려는 것인가.

"당신이 타자 친 글에서 이해 가지 않는 데가 있었어요?"

주느비에브 페로가 물었다. 그녀의 목소리가 너무나 조심스러워 그 질문이 한층 더 겁났다. 어떻게든 대답을 해야 했다. 나는 대충 얼버무렸다.

"'옥타브의 열쇠'라는 말을 잘 이해할 수 없었어요."

나머지 두 사람이 내 쪽으로 몸을 돌리며 호의를 갖고 나를 바라보았다. 케루레당은 자기 가방을 뒤져 내가 타자 친 텍스트를 꺼냈다. 아마도 '옥타브의 열쇠'가 있는 부분을 찾으려는 듯했다.

"그건 아주 간단해요…… 설명을 해드릴게요……"

주느비에브 페로의 초록색 눈은 조금씩 나를 최면에 빠지게 했다. 나는 그녀를 더이상 제대로 쳐다보지 못하고 그녀의 입술의 움직임과 양탄자를 기계적으로 어루만지는 손가락을 쳐다봤다. 그녀가 자주 말한 한 단어밖에는 귀에 들어오지 않았다. 조화.

그녀가 말을 마쳤고, 나는 고개를 끄덕였다.

"이제 옥타브의 열쇠에 대해 거의 모든 걸 아셨죠. 다른 질문 있으세요?"

자니가 내게 물었다.

"오늘 저녁은 이 정도로 충분하다고 생각해요."

주느비에브 페로가 말했다.

그녀는 부드러운 몸짓으로 일어서서 방을 나갔다. 나머지 두 사람은 계속 가부좌를 틀고 있었다. 나는 감히 움직일 수가 없었다.

"그래, 우리의 첫 모임에 만족하세요?"

케루레당이 물었다.

자니는 내가 타자 친 텍스트를 뒤적이고 있었다.

"타자를 아주 잘 치셨네요. 당신은 그룹의 비서가 될 거예요."

"비서보다 더 중요한 일을 하실 거야."

케루레당이 덧붙였다.

그는 골루아즈 담배에 불을 붙였다. 나는 모임중에 담배를 피울

수 있다는 사실에 놀랐다. 나는 좀더 엄숙한 행사를 생각했었다.

주느비에브 페로가 다시 거실로 돌아왔다. 그녀는 들고 온 쟁반을 우리 가운데에 놓았다. 그녀는 네 개의 잔에 차를 반쯤 따랐다. 박하차였지만 내가 경험하지 못한 향이 섞여 있었다. 마치 비밀스러운 어떤 것을 넣은 것처럼.

그들은 아무 말 없이 천천히 마셨다. 나는 내 주위를 둘러보았다. 책상 왼쪽에 있는 책장이 방의 한쪽을 거의 다 차지하고 있었다. 책장에는 옛날식으로 제본된 책들이 꽂혀 있었고 책장 발치에 회색 벨벳을 씌운 긴 의자가 있었다. 책장에 달아놓은, 붉은 전등갓을 씌운 전구가 긴 의자에 강렬한 빛을 비추고 있었다. 나는 주느비에브 페로가 거기에 길게 누워 책을 읽는 모습을 상상해보았다. 보드 박사도 파리에 와 있을 때 그렇게 했을지도 모른다고 생각했다.

그들은 일어섰다. 미셸 케루레당과 자니는 각자 격식을 차려 주느비에브 페로와 악수를 하며 금요일 저녁의 모임에 참석하겠다고 말했다. 나도 그들을 따라 떠나려 할 때 주느비에브 페로가 나에게 계속 있으라는 몸짓을 했다.

미셸 케루레당은 나에게 작별 인사를 하며 금요일 또는 그전에 카페에서 보자고 했다. 그는 벌써 커다란 밤색 가방을 팔에 끼고 있었다. 그녀는 그들을 입구까지 배웅했다. 나는 거실 한가운데

서 혼자 기다렸다. 문이 닫히는 소리가 났다. 주느비에브 페로가 다시 내 곁으로 와 초록색 눈과 미소로 나를 감쌌다.

"긴장하지 마세요…… 당신은 참 슬퍼 보여요…… 의자에 누우세요……"

나는 그렇게 편안한 목소리를 들은 적이 없었다. 그녀는 책상 뒤에 앉았다.

"긴장을 푸세요…… 눈을 감으세요……"

그녀가 서랍을 열었다 닫는 소리가 들렸다. 그러고 나서 그녀는 책장의 전구를 끄기 위해 다가왔다. 그러자 우리는 희미한 어둠 속에 있게 되었다. 그녀는 내 이마, 눈썹 위, 눈꺼풀, 관자놀이를 마사지했다. 나는 잠이 들어버려 오랫동안 나 혼자 간직했던 일들을 그녀에게 고백해버릴까봐 겁이 났다. 르네, 개, 잃어버린 사진, 도살장, 아침에 잠을 깨우는 말발굽 소리. 이렇게 해서 나는 동발 가 7번지에 있는 의자에 길게 누워 있게 되었다. 그건 우연이 아니었다. 내 인생에 대해 좀더 잘 이해하려면 — 보드 박사의 말에 따르면 인생의 빛과 그늘에 대해 좀더 잘 이해하려면 — 이 동네에 아직도 얼마간 더 머물러 있어야 했다.

어둠의 기억들

『신원 미상 여자』는 사라진 한 유태인 소녀의 행방을 50여 년의 세월이 흐른 뒤 추적하는 내용의 소설 『도라 브루더』 이후 파트릭 모디아노가 두번째로 여자들을 주인공으로 등장시킨 소설이다. 각기 다른 세 여자의 이야기로 구성된 이 소설에서 주인공들은 10대 후반에서 성인의 삶으로 막 한 걸음을 내디디려는 시기의 방황과 좌절, 고독을 보여준다.

첫번째 이야기에 등장하는 여자는 리옹에서 타이피스트로 일하던 중 어느 의류회사에서 모델을 구한다는 소식을 듣고 면접을 보지만 발탁되지 못한다. 자신의 미래를 걸었던 시도가 좌절되자 그녀는 무작정 파리 행 밤기차에 오른다. 파리에서 그녀는 실명을 알 수 없는 한 남자의 애인이 된다. 타인의 신분 속에 자신을 감추고 있는 그 남자에 대해 그녀는 아무것도 알지 못한다. 어느 날 그 남자는 알 수 없는 사람들에게 끌려가 사라진다.

두번째 이야기 속의 여자는 안시라는 도시의 수녀원 소속 기숙학교에 다니고 있다. 아버지는 그녀가 세 살 때 세상을 떠나고, 어머니는 동네 푸줏간 남자와 재혼했다. 어느 날 저녁, 그녀는 음울한 기숙사로 더이상 돌아가지 않겠다고 마음먹고, 반대 방향으로 가는 버스에 올라탄다. 우여곡절 끝에 그녀가 얻은 첫 일자리는 젊었을 때 무용가였던 돈 많은 과부와 그의 개를 돌보는 일이었다. 어느 날 그들이 갑자기 떠나버린 후, 그녀는 부유한 젊은 부부의 집에서 베이비시터 일을 하게 된다. 그러나 그녀가 돌보는 아이들의 아버지가 던진 미끼로 인해 예기치 않은 운명에 내던져진다.

세번째 이야기는 우연히 알게 된 어느 오스트리아 사람에게서 부탁을 받고 그가 없는 동안 그의 아틀리에에 잠시 머물게 된 젊은 여자의 이야기다. 지하철을 타고, 혹은 걸어서 파리의 이곳저곳을 가보지만 마음을 붙이지 못한다. 게다가 그녀가 머무는 곳은 파리의 한 외곽지대로, 근처에 말 도살장이 있다. 새벽마다 들리는 말발굽 소리, 피 묻은 장화를 신고 카페를 드나드는 말 도살꾼들…… 그녀는 말발굽 소리와 도살꾼들의 모습으로부터 벗어나기 위해 파리의 거리를 정처없이 헤맨다. 그러다 카페에서 우연히 어느 고등학교 철학교사와 이야기를 하게 되는데, 그는 그녀에게 타이프 치는 일거리를 주면서 '자아의 부름'이라는 가르침을 통해 그녀를 몽유 상태로부터 탈출시키려 한다.

이 세 가지 에피소드에는 1950년대 말부터 1960년대에 이르는 프랑스의 시대적 분위기가 배경으로 깔려 있다. 파리의 유태인 학살에서 살아남은 가명의 남자, 알제리 전쟁, 파리 외곽에서 여전히 행해지던 말 도살…… 작품에 등장하는 개인의 내밀한 불행은 유럽의 전후(戰後) 역사와 상황적 어둠으로 맞물려 있다. 불확실한 미래를 엿보며 그래도 희망을 가져보지만, 주인공들은 부모의 후원도, 번듯한 졸업장도 가지지 못한 채 낯설고 암울한 상황에 던져진다. 어제와 오늘이 똑같은 나날들, 음산하고 차가운 가을비와 잿빛 도시, 안개 속을 헤매는 듯한 정처없는 발걸음, 기약없는 기다림. 그 무엇도 확실하지 않은 시간 속에서 그녀들은 허공의 가장자리를 위태롭게 더듬으며 앞으로 나아간다. 그녀들을 기다리고 있는 몇몇 만남이 있긴 하지만, 그것 또한 지속될 수 없는 것들이다. 가짜 영사, 밀매자, 사기꾼, 과부, 변태적 부르주아…… 현실 속에 자기 자리를 가지지 못한 사람들과의 만남은 내일을 기약할 수 없는 것이며, 그러므로 당연히 그들은 어느 날 홀연히 흔적도 없이 사라진다. 이 여자들은 그리하여 또다시 익명의 존재로 남겨진다. 아무도 관심을 가져주지 않는 『신원 미상 여자』로.

슬픔으로 텅 빈 이 세 여자의 이야기를 모디아노는 아무런 설명 없이 우리 앞에 던져 놓는다. 어떤 교훈도 의도도 없이 그저 제시할 뿐이다. 춥고 쓸쓸하고 어둠에 싸인 모디아노적 분위기는 그의 간결한 문장들로 인해 더욱더 깊은 파장을 남긴다. 그의 언어는 비극적이거나 심오한 철학적 무게를 지니고 있지는 않다. 어떤 주소, 어느 거리의 모퉁이, 기숙사의 푸르름한 불빛 따위가 이제는 사라져버린, 부재하는 존재들에 대한 지표가 됨과 동시에 그 여운을 대신한다.

극복하기 힘든 과거의 시간, 그 고통의 편린들을 퍼즐 조각을 맞추듯 찾아다니는 것, 이중적 아이덴티티, 정체성에 대한 끝없는 탐구는 1968년 발표한 첫 소설『에투알 광장』을 비롯하여『가족수첩』, 공쿠르 상을 수상한『어두운 상점들의 거리』등에서 우리가 익히 보아 알고 있는 모디아노의 작품세계이다. 30 · 40대에 발표한『슬픈 빌라』『잃어버린 거리』『청춘 시절』『신혼여행』『서커스가 지나간다』에서도 작가는 과거와 현재를 오가며 자신이 남긴 흔적의 편린들을 되짚어간다. 3인칭 소설은 결코 쓸 수가 없다는 그. 그는 '잃어버린 시간'을 찾아 헤매는 프루스트이기도 하다.

이탈리아 출신의 유태인 아버지와 배우가 되려고 파리에 온 벨기에인 어머니 사이에서 1945년에 태어난 모디아노는 아버지의 부재와 공연으로 자주 집을 비우는 어머니 때문에 일찍부터 자기 자신만의 세계에 몰입하게 된다. 그런 까닭인지 자기 존재에 대한 탐구와 의혹은 그에게는 평생 벗어날 수 없는 무거운 짐이자 소설 속에서 줄기차게 되풀이되는 모티프인 듯하다.『신원 미상 여자』에서 모디아노는 존재의 어려움이 시작되는 시기를 상징하는 10대 후반, 그것도 주변적 인물인 여자들을 주인공으로 등장시켜 작가 스스로의 방황의 시간을, 좌절의 시간을 이야기한다. 반(牛)자전적, 반(牛)허구적 화자인 '나'는 소설 속에서 억압된 자아를 되돌아본다. 권태와 공허함 속에 개개인의 존재가 거부당하는 감옥 같은 안시의 기숙사에서 탈출을 꿈꾸었던 모디아노는 여주인공의 입을 빌려 이렇게 말한다.

"일요일 저녁, 나는 기숙사로 돌아가기 위해 버스를 기다렸다. (……) 나는 그 길을 걸으며 종종 도망가고 싶은 충동을 느꼈다. 마을 광장으로 다시 돌아가 안시로 떠나는 아홉시 버스를 타고 떠나면 그만이었다. (……) 돈이 있었다면 안시에 머무르지 않았을 것이다. 버스에서 내리자마자 파리 행 표를 끊고 밤기차를 기다릴 것이었다."

'망각의 가장 깊은 곳'에서조차 정신적 외상으로 똬리를 틀고

있는 어둡고 외로웠던 청소년기, 그 시기에 그가 꿈꾸었던 탈출
의 욕망, 자유에 대한 갈망을 그는 글쓰기를 통해 끊임없이 풀어
가고 있는 듯하다. 공쿠르 상을 비롯하여 로제 니미에 상, 페네옹
상, 리브레리 상, 아카데미 프랑세즈 소설 대상이 증명하는 탁월
한 작가로서의 확고한 명성도 성에 차지 않는 듯, 그는 아직도 어
둠의 기억들을 헤집어가고 있다. 마치 처음부터 지금까지 하나의
작품을 쓰고 있는 듯.

조용희

지은이 **파트릭 모디아노**

1945년 프랑스 불로뉴 비양쿠르 출생. 1968년 『에투알 광장』으로 로제 니미에상, 페네옹상을 받으며 데뷔했다. 1972년 『외곽 순환도로』로 아카데미 프랑세즈 소설 대상을, 1978년 『어두운 상점들의 거리』로 공쿠르상을 수상했고 1984년과 2000년에는 전 작품에 대해 각각 프랑스 피에르 드 모나코상, 폴 모랑 문학 대상을 수상했다. 그 밖의 작품으로 『혈통』 『한밤의 사고』 『작은 보석』 『도라 브루더』 등이 있다. 2014년 노벨문학상을 수상했다.

옮긴이 **조용희**

성균관대 불문과를 졸업하고 프랑스 클레르몽 대학에서 앙드레 지드 서간문 연구로 박사 과정을 수료했다. 성균관대, 동덕여대, 외교안보연구원에 출강했으며, 미셸 투르니에의 『야생의 고독』, 마르그리트 유르스나르의 『그림 속으로 들어간 남자』, 앙드레 지드의 『좁은 문』 등의 작품을 번역했다.

문학동네 세계문학

신원 미상 여자

1판 1쇄 2003년 12월 9일 | 1판 2쇄 2014년 10월 17일

지은이 파트릭 모디아노 | 옮긴이 조용희 | 펴낸이 강병선
책임편집 최정수 김지연 김다운 | 저작권 한문숙 박혜연 김지영
마케팅 정민호 이미진 김은지 양서연 | 온라인 마케팅 김희숙 김상만 한수진 이천희
제작 강신은 김동욱 임현식 | 제작처 한영문화사(인쇄) 경일제책사(제본)

펴낸곳 (주)문학동네
출판등록 1993년 10월 22일 제406-2003-000045호
주소 413-120 경기도 파주시 회동길 210
전자우편 editor@munhak.com | 대표전화 031) 955-8888 | 팩스 031) 955-8855
문의전화 031) 955-1927(마케팅) 031) 955-2654(편집)
문학동네카페 http://cafe.naver.com/mhdn

ISBN 89-8281-767-0 03860

www.munhak.com

파트릭 모디아노

Patrick Modiano

현존하는 프랑스 작가 중 탁월한 문학성을 인정받고 있는 현대문학의 거장. 현대인의 의식세계와 정체성의 문제를 특유의 몽환적이고 신비로운 언어로 탐색해왔다. 소설가로 글을 쓰기 시작하면서부터 두 해에 한 번씩 꾸준히 작품을 발표해 여전히 많은 독자들의 기대를 한몸에 받고 있는 '젊은' 작가이다. 2014년 노벨문학상을 수상했다.

어두운 상점들의 거리 김화영 옮김

공쿠르상 수상에 빛나는 모디아노 최고의 걸작. 프루스트가 말한 존재의 근원으로서의 '잃어버린 시간'을 슬픔이 가득 담긴 신비와 몽상의 언어로 탐색한다. '인간존재의 소멸된 자아 찾기'라는 보편적 주제의식을 명징하게 보여주는 소설.

도라 브루더 김운비 옮김

어느 날 우연히 옛날 신문의 한 귀퉁이에서 열다섯 살 소녀의 실종기사를 발견한 주인공이 역사의 어둠 속으로 사라져버린 소녀의 행방을 찾아나선다. 천년이 지나도 되살아날 과거의 추억이 빛나는 감동적인 소설.